D0834941

# LA PATIENCE DE MAIGRET

Georges Simenon, écrivain belge de langue française, est né à Liège en 1903. Il décide très jeune d'écrire. Il a seize ans lorsqu'il devient journaliste à *La Gazette de Liège*, d'abord chargé des faits divers puis des billets d'humeur consacrés aux rumeurs de sa ville. Son premier roman, signé sous le pseudonyme de Georges Sim, paraît en 1921 : *Au pont des Arches, Petite histoire liégeoise*. En 1922, il s'installe à Paris avec son épouse peintre Régine Renchon, et apprend alors son métier en écrivant des contes et des romans-feuilletons dans tous les genres : policier, érotique, mélo, etc. Près de deux cents romans parus entre 1923 et 1933, un bon millier de contes, et de très nombreux articles...

En 1929, Simenon rédige son premier Maigret qui a pour titre : *Pietr le Letton*. Lancé par les éditions Fayard en 1931, le commissaire Maigret devient vite un personnage très populaire. Simenon écrira en tout soixante-douze aventures de Maigret (ainsi que plusieurs recueils de nouvelles) jusqu'à *Maigret et Monsieur Charles*, en 1972.

Peu de temps après, Simenon commence à écrire ce qu'il appellera ses « romans-romans » ou ses « romans durs » : plus de cent dix titres, du *Relais d'Alsace* paru en 1931 aux *Innocents*, en 1972, en passant par ses ouvrages les plus connus : *La Maison du canal* (1933), *L'homme qui regardait passer les trains* (1938), *Le Bourgmestre de Furnes* (1939), *Les Inconnus dans la maison* (1940), *Trois Chambres à Manhattan* (1946), *Lettre à mon juge* (1947), *La neige était sale* (1948), *Les Anneaux de Bicêtre* (1963), etc. Parallèlement à cette activité littéraire foisonnante, il voyage beaucoup, quitte Paris, s'installe dans les Charentes, puis en Vendée pendant la Seconde Guerre mondiale. En 1945, il quitte l'Europe et vivra aux Etats-Unis pendant dix ans ; il y épouse Denyse Ouimet. Il regagne ensuite la France et s'installe définitivement en Suisse. En 1972, il décide de cesser d'écrire. Muni d'un magnétophone, il se consacre alors à ses vingt-deux *Dictées*, puis, après le suicide de sa fille Marie-Jo, rédige ses gigantesques *Mémoires intimes* (1981).

Simenon s'est éteint à Lausanne en 1989. Beaucoup de ses romans ont été adaptés au cinéma et à la télévision.

# GEORGES SIMENON

# *La Patience de Maigret*

**PRESSES DE LA CITÉ**

**1**

La journée avait commencé comme un souvenir d'enfance, éblouissante et savoureuse.
Sans raison, parce que la vie était bonne, les
yeux de Maigret riaient tandis qu'il prenait
son petit déjeuner, et il n'y avait pas moins de
gaieté dans les yeux de Mme Maigret assise
en face de lui.

Les fenêtres de l'appartement étaient larges
ouvertes, laissant pénétrer les odeurs du
dehors, les bruits familiers du boulevard
Richard-Lenoir, et l'air, déjà chaud, frémis-
sait ; une fine buée, qui filtrait les rayons de
soleil, les rendait presque palpables.

— Tu n'es pas fatigué ?

Il répondait, surpris, en dégustant un café
qui lui paraissait meilleur que les autres
jours :

— Pourquoi serais-je fatigué ?

— Tout ce travail que tu as fait, hier, dans
le jardin... Voilà des mois que tu n'avais pas
manié une bêche ou un râteau...

On était lundi, le lundi 7 juillet. Le samedi
soir, ils s'étaient rendus, en train, à Meung-

sur-Loire, dans la petite maison qu'ils aména-geaient depuis plusieurs années pour le jour où Maigret serait forcé par les règlements à prendre sa retraite.

Dans deux ans et quelques mois ! A cin-quante-cinq ans ! Comme si un homme de cinquante-cinq ans, qui n'avait pour ainsi dire jamais été malade et qu'aucune infirmité n'amoindrissait, devenait du jour au lende-main incapable de diriger la Brigade crimi-nelle !

Ce que Maigret avait le plus de peine à concevoir, c'est qu'il avait vécu cinquante-trois ans.

— Hier, corrigeait-il, j'ai surtout dormi.

— En plein soleil !

— Avec mon mouchoir sur le visage...

Quel bon dimanche ! Un ragoût qui mijotait dans la cuisine basse, aux dalles de pierre bleuâtre, le parfum des herbes de la Saint-Jean qui se répandait dans la maison, Mme Maigret qui allait d'une pièce à l'autre, un fichu sur la tête à cause de la poussière, Maigret en bras de chemise, le col ouvert, coiffé d'un chapeau de paille, qui arrachait les mauvaises herbes du jardin, binait, sarclait, ratissait, pour s'assoupir enfin, après le déjeu-ner et le petit vin blanc du pays, dans un fau-teuil-hamac à rayures rouges et jaunes où le soleil ne tardait pas à l'atteindre sans le tirer de sa torpeur...

Dans le train du retour, tous les deux se sen-taient lourds, engourdis, les paupières pico-tantes, et ils emportaient avec eux une odeur qui rappelait à Maigret sa jeunesse à la campagne, mélange de foin, de terre desséchée et de sueur : l'odeur de l'été.

— Encore un peu de café ?

— Avec plaisir.

Même le tablier à petits carreaux bleus de sa femme l'enchantait par sa fraîcheur, par une sorte de naïveté, comme l'enchantait le reflet du soleil sur une des vitres du buffet.

— Il va faire chaud !

— Très.

Il ouvrirait ses fenêtres qui donnaient sur la Seine et travaillerait sans veston.

— Que dirais-tu, ce midi, d'un homard à la mayonnaise ?

C'était bon encore de marcher sur le trottoir où les velums des boutiques dessinaient des rectangles plus sombres, bon d'attendre l'autobus, à côté d'une jeune fille en robe claire, au coin du boulevard Voltaire.

La chance était avec lui. Un vieil autobus à plate-forme s'arrêtait au bord du trottoir et il pouvait continuer à fumer sa pipe en regardant glisser le décor et les silhouettes des passants.

Pourquoi cela lui rappela-t-il un défilé vivement colorié, jadis, qui avait fait courir tout Paris, alors qu'il venait de se marier et qu'il n'était qu'un jeune et timide secrétaire de commissariat dans le quartier Saint-Lazare ? Des landaus attelés à la d'Aumont emmenaient Dieu sait quel souverain étranger entouré de personnages empanachés tandis que les casques des gardes républicains étincelaient dans le soleil.

Paris avait la même odeur qu'aujourd'hui, la même lumière, la même langueur.

Il ne pensait pas alors à la retraite. Le bout de sa carrière, le bout de sa vie lui paraissaient très loin, si loin qu'il ne s'en préoccupait pas. Et voilà qu'il préparait à présent la maison de ses vieux jours !

Pas de mélancolie. Un sourire en somme assez doux. Le Châtelet. La Seine. Un pêcheur — il y en avait toujours au moins un — près du pont au Change. Puis des avocats en robe noire gesticulant dans la cour du Palais de Justice.

Le quai des Orfèvres enfin, dont il connaissait chaque pavé et d'où il avait failli être exilé.

Moins de dix jours plus tôt, un préfet pètesec, qui n'aimait pas les policiers de la vieille école, lui avait demandé sa démission, sa mise à la retraite anticipée, comme il disait plus élégamment, sous prétexte d'imprudences que le commissaire aurait commises.

Tout, ou presque tout, dans le dossier qu'il feuilletait d'un doigt négligent, était faux et, pendant trois jours et trois nuits, sans même avoir le droit d'utiliser ses collaborateurs, Maigret s'était efforcé d'en établir la preuve.

Non seulement il avait réussi, mais il avait obtenu les aveux de l'auteur de la machination, un dentiste de la rue des Acacias, qui avait plusieurs crimes sur la conscience.

C'était déjà du passé. Il gravissait, après avoir salué les deux hommes en faction, le large escalier, pénétrait dans son bureau dont il ouvrait la fenêtre, retirait son chapeau, son veston et, debout, contemplait la Seine et ses bateaux en bourrant lentement une pipe.

Malgré l'imprévu des journées, il existait des gestes quasi rituels, qu'il faisait sans y penser, comme, sa pipe une fois allumée, de pousser la porte du bureau des inspecteurs.

Il y avait des vides devant les machines à écrire et les téléphones, car les vacances avaient commencé.

— Salut, les enfants... Tu viens un instant, Janvier ?

Janvier menait l'enquête sur les vols dans les bijouteries, plus exactement à l'étalage des bijouteries. Le dernier datait du jeudi précédent, boulevard Montparnasse, selon les méthodes qui se montraient efficaces depuis plus de deux ans.

— Du nouveau ?

— Pratiquement rien. Des jeunes, une fois de plus : vingt à vingt-cinq ans selon les témoins. Ils étaient deux en action comme d'habitude. L'un a brisé la vitre avec un démonte-pneu. L'autre, qui tenait un sac en tissu noir à la main, a raflé les bijoux, bientôt aidé par son camarade. Le coup était soigneusement minuté. Une DS crème s'est arrêtée en double file, juste le temps d'embarquer les deux hommes, et a disparu dans le trafic.

— Foulards sur le visage ?

Janvier faisait signe que oui.

— Le chauffeur ?

— Les témoins ne sont pas tous d'accord, mais il semble que ce soit un jeune aussi, aux cheveux très bruns, au teint basané. Une seule indication nouvelle, qui n'a rien de sûr : une marchande de légumes a remarqué, peu avant le vol, un individu pas très grand, râblé, au visage de boxeur, qui se tenait à quelques mètres de la bijouterie et qui semblait attendre quelqu'un, levant souvent la tête pour regarder l'heure à la grosse horloge au-dessus de la vitrine et consultant ensuite son bracelet-montre. D'après la femme, il n'aurait pas sorti une seule fois la main de sa poche droite. Quand le vol a eu lieu, il n'a pas bougé et, dès que l'auto crème s'est éloignée, il est monté dans un taxi.

— Tu as montré les photographies des suspects à ta marchande de légumes ?

— Elle a passé trois heures avec moi aux Sommiers. En fin de compte, elle n'a reconnu formellement personne.

— Que dit le bijoutier ?

— Il s'arrache le peu de cheveux qu'il lui reste. Trois jours plus tôt, prétend-il, le vol aurait été sans grande importance, car, d'habitude, il n'expose pas volontiers des bijoux de valeur. La semaine dernière, il a eu l'occasion d'acheter un lot d'émeraudes et, samedi matin, il s'est décidé à les mettre en vitrine.

Maigret ignorait encore que ce qui s'amorçait ce matin-là dans son bureau, c'était le commencement de la fin d'une affaire qu'on appellerait désormais, au Quai des Orfèvres, « la plus longue enquête de Maigret ».

Certains faits réels entrent ainsi, peu à peu, dans la légende. On se racontait encore, par exemple, et on racontait aux nouveaux, « le plus long interrogatoire de Maigret », un

12

interrogatoire qui avait duré vingt-sept heures pendant lesquelles le garçon de la Brasserie Dauphine n'avait pour ainsi dire pas cessé d'apporter des demis et des sandwiches.

Maigret n'était pas seul à harceler le suspect. Lucas et Janvier le relayaient, reprenant chaque fois à zéro un interrogatoire, fastidieux en apparence, qui ne s'était pas moins terminé par des aveux complets.

Il y avait aussi, dans toutes les mémoires, « la plus dangereuse arrestation de Maigret », celle, en plein jour, en pleine foule, de la bande des Polonais, rue du Faubourg-Saint-Antoine, sans qu'un seul coup de feu fût tiré, bien que les hommes fussent armés jusqu'aux dents et décidés à défendre leur peau.

On aurait pu dire, en vérité, que l'affaire des bijoux avait commencé, pour le commissaire, une vingtaine d'années plus tôt, quand il s'était intéressé à un certain Manuel Palmari, un truand venu de Corse qui avait débuté humblement comme souteneur.

C'était l'époque de la relève. Les vieux caïds, propriétaires, avant la guerre, de maisons closes, tenanciers de tripots clandestins et inspirateurs de cambriolages spectaculaires, avaient pris leur retraite les uns après les autres, sur les bords de la Marne, dans le Midi, les moins chanceux ou les moins malins à la maison centrale de Fontevrault.

Des jeunots, qui se figuraient qu'ils allaient tout fracasser, prenaient la relève, plus audacieux que les anciens, et, pendant de longs mois, la police, déroutée, était tenue en échec.

C'était le commencement des attaques d'encaisseurs et des vols de bijouteries, en plein jour, au milieu de la foule.

On finit par mettre la main sur quelques-uns des coupables. Les attentats cessèrent pendant un certain temps, reprirent, se raréfièrent à nouveau, pour reprendre de plus belle deux ans après.

— Les gamins que nous arrêtons ne sont que des exécutants, avait affirmé Maigret dès le début de ces agressions.

Non seulement on signalait chaque fois de nouveaux visages, mais ceux qu'on arrêtait n'avaient la plupart du temps pas de casier judiciaire. Ils n'étaient pas de Paris non plus, et ils semblaient être venus de province, surtout de Marseille, de Toulon et de Nice, pour un coup déterminé.

Une ou deux fois, seulement, on s'était attaqué aux grandes bijouteries de la place Vendôme et de la rue de la Paix dont les systèmes d'alarme décourageaient les malfaiteurs.

Leur technique n'avait pas tardé à changer. Ils visaient maintenant des bijouteries peu importantes, non plus dans le cœur de Paris, mais dans les quartiers éloignés et même en banlieue.

— Alors, Manuel ?

Dix fois, cent fois, Maigret avait apostrophé Palmari, d'abord au Clou Doré, le bar qu'il s'était acheté rue Fontaine et qu'il avait transformé en un restaurant luxueux, ensuite dans

14

l'appartement qu'il partageait avec Aline rue des Acacias[1].

Manuel ne se laissait pas démonter et leurs rencontres auraient pu passer pour celles de deux vieux amis.

— Asseyez-vous, monsieur le commissaire. Qu'est-ce que vous me voulez encore ?

Manuel, à présent, approchait de ses soixante ans et, depuis qu'il avait reçu plusieurs balles de mitraillette alors qu'il baissait le volet du Clou Doré, il ne quittait plus sa petite voiture d'infirme.

— Tu connais un petit gars, méchant comme une teigne, qui s'appelle Mariani et qui est né dans ton île ?

Maigret bourrait sa pipe, car c'était toujours long. Il finissait par connaître l'appartement de la rue des Acacias dans ses moindres recoins, surtout la petite pièce d'angle, pleine de romans populaires et de disques, où Manuel passait ses journées.

— Qu'est-ce qu'il a fait, ce Mariani ? Et pourquoi, monsieur le commissaire, est-ce encore moi qu'on vient asticoter ?

— J'ai toujours été régulier avec toi, non ?

— C'est vrai.

— Je t'ai même rendu quelques petits services...

C'était vrai aussi. Sans l'intervention de Maigret, Manuel aurait eu assez souvent des ennuis.

— Si tu tiens à ce que ça continue, raconte...

1. Voir *Maigret se défend*.

Il arrivait à Manuel de raconter, c'est-à-dire de donner un exécutant.

— Vous savez, ce n'est qu'une supposition. Moi, je ne me suis jamais mouillé et mon casier est vierge. Je ne connais pas personnellement ce Mariani. J'ai seulement entendu dire...

— Par qui ?

— Je ne sais plus. Un bruit qui court...

Or, depuis l'attentat dans lequel il avait perdu une jambe, Palmari ne recevait pratiquement personne. Son téléphone, il le savait, était branché sur la table d'écoutes et il avait soin de ne donner que des coups de fil innocents.

En outre, depuis quelques mois, depuis la recrudescence des vols dans les bijouteries, deux inspecteurs étaient planqués en permanence rue des Acacias.

S'ils étaient deux, c'est que l'un était chargé de suivre Aline dans ses déplacements tandis que son camarade continuait à surveiller l'immeuble.

— Bon... Pour vous rendre service... Il y a une auberge, près de Lagny, dont j'ai oublié le nom, et qui est tenue par un vieil homme à moitié sourd et par sa fille... Je crois savoir que Mariani est mordu pour cette fille et qu'il prend volontiers pension à l'auberge...

Or, chaque fois que, pendant les vingt dernières années, Manuel avait donné des signes de prospérité accrue, cette prospérité avait coïncidé avec une recrudescence des vols de bijoux.

16

— On a retrouvé la voiture ? demandait Maigret à Janvier.

— Dans une petite rue des Halles.

— Des empreintes ?

— Rien. Moers l'a pour ainsi dire passée au microscope.

C'était l'heure du rapport dans le bureau du directeur et Maigret rejoignit les autres divisionnaires.

Chacun exposait en quelques mots les affaires en cours.

— Et vous, Maigret ? Ces bijouteries ?

— Savez-vous, monsieur le directeur, combien il existe de bijouteries à Paris, sans parler de la proche banlieue ? Un peu plus de trois mille. Certaines d'entre elles n'exposent que des bijoux et des montres sans grande valeur, mais on peut dire grosso modo qu'un bon millier de magasins ont à l'étalage de quoi tenter une bande organisée.

— Qu'en déduisez-vous ?

— Prenons la bijouterie du boulevard Montparnasse. Pendant des mois, elle n'a eu en montre que des pièces médiocres. Un hasard a mis, l'autre semaine, entre les mains du commerçant, quelques émeraudes de prix. Samedi matin, l'idée lui est venue de les exposer. Jeudi, la vitrine volait en éclats et les bijoux étaient volés.

— Vous supposez...

— Je suis à peu près certain qu'un homme du métier fait la tournée des bijouteries, changeant périodiquement de quartier. Quelqu'un est alerté dès que de belles pièces sont exposées dans un endroit favorable. On fait monter, de Marseille ou d'ailleurs, des jeunots à qui on a appris la technique et que la police n'a pas encore repérés. Deux ou trois fois, j'ai tendu des pièges, demandant à des bijoutiers d'exposer des pièces rares.

— La bande n'est pas tombée dans le panneau ?

Maigret secouait la tête et rallumait sa pipe.

— Je suis patient, se contenta-t-il de grommeler.

Le directeur, moins patient que lui, ne cachait pas son mécontentement.

— Et cela dure depuis... commençait-il.

— Vingt ans, monsieur le directeur.

Quelques minutes plus tard, Maigret retrouvait son bureau, pas fâché d'avoir conservé son calme et sa bonne humeur. Une fois de plus, il ouvrit la porte du bureau des inspecteurs, car il détestait appeler ceux-ci par le téléphone intérieur.

— Janvier !

— Je vous attendais, patron. Je viens juste de recevoir un coup de fil...

Il entrait chez Maigret, refermait la porte.

— Un événement inattendu... Manuel Palmari...

— Ne me dis pas qu'il a disparu ?

— Il a été tué. Il a reçu plusieurs balles, dans son fauteuil roulant. Le commissaire du XVIIe est sur les lieux et a alerté le Parquet.

— Aline ?

— Il paraît que c'est elle qui a appelé la police.

— En route.

Une fois à la porte, Maigret revint sur ses

pas pour prendre, sur son bureau, une pipe de rechange.

Tandis que la petite voiture noire conduite par Janvier remontait les Champs-Elysées dans une lumière d'apothéose, Maigret gardait aux lèvres le sourire léger, dans les yeux le pétillement qui lui étaient venus dès son réveil et qu'il avait retrouvés sur les lèvres et dans les yeux de sa femme.

Pourtant, il y avait tout au fond de lui, sinon de la tristesse, tout au moins une certaine nostalgie. La mort de Manuel Palmari n'était pas de celles qui endeuillent la société. En dehors, peut-être, et ce n'était pas certain, d'Aline qui vivait avec lui depuis quelques années et qu'il avait ramassée sur le trottoir, en dehors aussi de quelques truands qui lui devaient tout, on se contenterait, en guise d'éloge funèbre, d'un vague : « On devait s'y attendre... »

Un jour, Manuel avait confié à Maigret qu'il avait été enfant de chœur, lui aussi, dans son village natal, un village si pauvre, ajoutait-il, que les jeunes le quittaient dès l'âge de quinze ans pour échapper à la misère. Il avait rôdé sur les quais de Toulon où on le retrouvait plus tard barman et où il ne tardait pas à comprendre que les femmes constituent un capital qui peut rapporter gros.

Avait-il un ou des crimes sur la conscience ? Certains le laissaient entendre mais cela n'avait jamais été prouvé et, un beau jour, Palmari était devenu propriétaire du Clou Doré.

Il se croyait malin et c'était un fait que jusqu'à l'âge de soixante ans il avait si bien louvoyé qu'il n'avait jamais encouru de condamnation.

Certes, il n'avait pas échappé aux balles de mitraillette mais, dans sa voiture d'infirme, entre ses livres et ses disques, entre la radio et la télévision, il gardait le goût de la vie et Maigret le soupçonnait d'aimer plus passionnément encore, plus tendrement aussi, cette Aline qui l'appelait papa.

— Tu as tort, papa, de recevoir le commissaire. Les flics, je les connais, et ils m'en ont fait suer. Celui-ci ne vaut pas mieux que les autres. Un jour, tu verras, il se servira contre toi de ce que tu le laisses te tirer du nez.

Il arrivait à la fille de cracher par terre, entre les jambes de Maigret, pour s'éloigner ensuite avec dignité, en dandinant son petit derrière dur.

Il n'y avait pas dix jours que Maigret avait quitté la rue des Acacias et voilà qu'il y revenait, dans la même maison, dans le même appartement où, debout devant la fenêtre ouverte, il avait eu soudain une intuition qui lui avait permis de reconstituer les crimes du dentiste d'en face.

Deux voitures étaient arrêtées devant l'immeuble. Un agent en uniforme se tenait devant la porte et, reconnaissant Maigret, porta la main à son képi.

— Au quatrième à gauche, murmura-t-il.

— Je sais.

Le commissaire de police, un nommé Clerdent, debout dans le salon, s'entretenait avec un petit homme grassouillet, très blond, aux cheveux ébouriffés, à la peau blanche de bébé, aux yeux bleus candides.

— Bonjour, Maigret.

Voyant que celui-ci regardait son compagnon en hésitant à tendre la main, il ajouta :

— Vous ne vous connaissez pas ?... Commissaire Maigret... Le juge d'instruction Ancelin...

— Enchanté, monsieur le commissaire.

— Le plaisir est pour moi, monsieur le juge. J'ai beaucoup entendu parler de vous, mais je n'ai pas encore eu l'honneur de travailler à vos côtés.

— Il y a à peine cinq mois que j'ai été nommé à Paris. Je suis resté longtemps à Lille.

Il avait une voix de fausset et, malgré son embonpoint, paraissait beaucoup moins que son âge. On aurait plutôt dit un de ces étudiants qui s'attardent à l'université, peu pressés de quitter le Quartier latin et sa vie facile. Facile, bien entendu, pour ceux qui ont quelque part un papa bien nanti.

Sa tenue était négligée, son veston trop étroit, ses pantalons trop larges, avec des poches aux genoux, et ses chaussures auraient eu besoin d'un coup de brosse.

On racontait au Palais qu'il avait six enfants, qu'il était sans autorité dans son ménage, que sa vieille voiture menaçait à tout moment de tomber en pièces détachées et que, pour joindre les deux bouts, il vivait dans un H.L.M. d'Antony.

— Tout de suite après avoir téléphoné à la

P.J. j'ai alerté le Parquet, expliquait le commissaire de police.

— Le substitut n'est pas arrivé ?

— Il sera ici dans un instant.

— Où est Aline ?

— La fille qui vivait avec la victime ? Elle pleure, à plat ventre sur son lit. Une femme de ménage veille sur elle.

— Que dit-elle ?

— Je n'en ai pas tiré grand-chose, et, dans son état, je n'ai pas insisté. A l'en croire, elle s'est levée à sept heures et demie. La femme de ménage n'arrive qu'à dix heures du matin. A huit heures, Aline a porté à Palmari son petit déjeuner au lit puis elle lui a fait sa toilette.

Maigret connaissait la routine de la maison. Depuis l'attentat qui avait fait de lui un invalide, Manuel n'osait plus entrer dans une baignoire. Il se tenait sous la douche, sur une jambe, et Aline le savonnait, l'aidait ensuite à passer son linge et ses vêtements.

— A quelle heure est-elle sortie ?

— Comment savez-vous qu'elle est sortie ?

Maigret en aurait la certitude dès qu'il questionnerait ses deux hommes en faction dans la rue. Ils ne lui avaient pas téléphoné. Sans doute avaient-ils été surpris de voir arriver le commissaire de police, puis le juge d'instruction, puis enfin Maigret lui-même, car ils ignoraient ce qui avait pu se passer à l'intérieur de l'immeuble. Il y avait là quelque chose d'assez ironique.

— Excusez-moi, messieurs.

Un grand jeune homme au profil chevalin

entrait en coup de vent, serrait les mains,
questionnait :

— Où est le cadavre ?

— Dans la pièce à côté.

— On tient une piste ?

— J'étais en train de raconter au commissaire Maigret ce que je sais. Aline, la jeune
personne qui vivait avec Palmari, prétend être
sortie de l'immeuble vers neuf heures, sans
chapeau, un filet à provisions à la main.

Un des inspecteurs de garde l'avait sûrement suivie.

— Elle s'est rendue chez divers commerçants du quartier. Je n'ai pas encore pris sa
déposition par écrit, car je n'ai obtenu d'elle
que des phrases hachées.

— C'est pendant son absence que...

— Elle le prétend, bien entendu... Elle
serait rentrée à dix heures moins cinq.

Maigret regarda sa montre qui marquait
onze heures dix.

— Elle aurait trouvé, dans la pièce voisine,
Palmari qui avait glissé de son fauteuil
d'infirme sur le tapis. Il était mort après avoir
perdu beaucoup de sang comme vous allez
vous en rendre compte.

— A quelle heure vous a-t-elle téléphoné ?
Car c'est elle, m'a-t-on dit, qui a téléphoné au
commissariat ?

— Oui. Il était dix heures et quart.

Le substitut, Alain Druet, posait les questions, tandis que le juge grassouillet se
contentait d'écouter, un vague sourire aux
lèvres. Lui aussi, malgré la difficulté de nourrir sa marmaille, paraissait jouir de la vie. De

temps en temps, il lançait un coup d'œil furtif à Maigret, comme pour établir avec lui une certaine connivence.

Les deux autres, le substitut et le commissaire de police, parlaient et se comportaient en fonctionnaires consciencieux.

— Le médecin a examiné le corps ?

— Il n'a fait qu'entrer et sortir. Il prétend qu'il est impossible, avant l'autopsie, de déterminer le nombre de balles que Palmari a reçues, impossible aussi, sans le dévêtir, de reconnaître les orifices d'entrée des projectiles et les orifices de sortie. La balle qui a traversé la nuque, pourtant, semble bien avoir été tirée par-derrière.

Donc, pensait Maigret, Palmari était sans méfiance.

— Si nous allions jeter un coup d'œil, messieurs, avant l'arrivée de l'identité judiciaire ?

Le cagibi de Manuel n'avait pas changé et le soleil y pénétrait généreusement. Sur le sol, un corps tordu, presque ridicule, et de beaux cheveux blancs barbouillés de sang à hauteur de la nuque.

Maigret fut surpris d'apercevoir Aline Bauche debout contre le rideau d'une des fenêtres. Elle portait une robe de toile bleu clair qu'il lui connaissait, ses cheveux noirs encadraient un visage blême, marqué de plaques rouges, comme si elle avait reçu des coups.

Elle regardait les trois hommes avec une telle haine ou un tel défi qu'on s'attendait à la voir s'élancer vers eux toutes griffes dehors.

— Alors, monsieur Maigret, je suppose que vous voilà satisfait ?

Puis, s'adressant à tous :

— On ne peut donc pas me laisser seule avec lui, comme n'importe quelle femme qui vient de perdre l'homme de sa vie ? Il est vrai que vous allez peut-être m'arrêter, non ?

— Vous la connaissez ? demanda à voix basse le juge d'instruction à Maigret.

— Assez bien.

— Vous croyez que c'est elle ?

— On a dû vous dire que je ne crois jamais rien, monsieur le juge. J'entends les hommes de l'identité judiciaire qui arrivent avec leurs appareils. Vous permettez que j'interroge Aline en tête à tête ?

— Vous l'emmenez ?

— Je préfère que cela se passe ici. Je vous rendrai compte, ensuite, de ce que j'aurai pu apprendre.

— Quand le corps aura été emporté, il faudra peut-être apposer les scellés sur la porte de cette pièce.

— Le commissaire de police s'en chargera au besoin, si vous le permettez ?

Le juge observait toujours Maigret avec des yeux pleins de malice. Etait-ce ainsi qu'il s'était imaginé le fameux commissaire ? N'était-il pas déçu ?

— Je vous laisse carte blanche, mais tenez-moi au courant.

— Venez, Aline.

— Où me conduisez-vous ? Quai des Orfèvres ?

— Moins loin. Dans votre chambre. Toi,

Janvier, va chercher nos hommes qui sont dehors et attendez-moi tous les trois au salon.

Les yeux durs, Aline regardait les spécialistes envahir la pièce avec leurs appareils.

— Que vont-ils lui faire ?

— La routine. Photographies, empreintes digitales, etc. Au fait, a-t-on retrouvé l'arme ?

Elle lui désigna un guéridon, près du divan où elle s'étendait lorsqu'elle tenait compagnie à son amant, pendant des journées entières.

— C'est vous qui l'avez ramassée ?

— Je n'y ai pas touché.

— Vous connaissez cet automatique ?

— Pour autant que j'en sache, il appartenait à Manuel.

— Où le gardait-il ?

— De jour, il le cachait derrière le poste de radio, à portée de sa main ; le soir, il le posait sur sa table de nuit.

Un Smith et Wesson 38, arme de professionnel, qui ne fait pas merci.

— Venez, Aline.

— Pour quoi faire ? Je ne sais rien.

Elle le suivait à contrecœur dans le salon, poussait la porte d'une chambre à coucher très féminine au vaste lit bas comme on en voit plus souvent dans les films que dans les intérieurs parisiens.

Les rideaux, les tentures étaient en soie bouton-d'or ; un immense tapis en chèvre blanche recouvrait presque tout le plancher tandis que des voilages transformaient la lumière du dehors en poussière dorée.

— J'écoute, lança-t-elle, hargneuse.

— Moi aussi.

— Cela peut durer longtemps.

Elle se laissait tomber dans une bergère en soie ivoire. Maigret, lui, n'osait pas s'asseoir sur les sièges délicats et hésitait à allumer sa pipe.

— Je suis persuadé, Aline, que vous ne l'avez pas tué.

— Sans blague ?

— Ne devenez pas grinçante. La semaine dernière, vous m'avez aidé.

— Ce n'est sans doute pas ce que j'ai fait de plus intelligent dans ma vie. La preuve, c'est que vos deux hommes sont toujours sur le trottoir d'en face et que le plus grand m'a encore suivie ce matin.

— Je fais mon métier.

— Il ne vous dégoûte jamais ?

— Si nous cessions de jouer à la guerre ? Mettons que je fais mon métier comme vous faites le vôtre et peu importe si nous sommes chacun d'un côté différent de la barrière.

— De ma vie, je n'ai fait de mal à personne.

— C'est possible. Par contre, on vient de faire à Manuel un mal irréparable.

Il vit des larmes gonfler les paupières de la jeune femme et elles ne semblaient pas feintes. Aline se moucha gauchement, à la façon d'une petite fille qui se défend de sangloter.

— Pourquoi faut-il...

— Pourquoi faut-il que quoi ?

— Rien. Je ne sais pas. Qu'il soit mort. Qu'on s'en soit pris à lui. Comme s'il n'était pas assez malheureux d'avoir une jambe en moins et de vivre entre quatre murs.

— Il avait votre compagnie.

— Cela aussi le faisait souffrir, car il était jaloux, et Dieu sait si c'était sans raison.

Maigret saisissait un étui à cigarettes en or sur la coiffeuse, le présentait, ouvert, à Aline. Elle prenait machinalement une cigarette.

— Vous êtes rentrée de vos courses à dix heures moins cinq ?

— L'inspecteur vous le confirmera.

— A moins que vous n'ayez échappé à sa surveillance comme cela vous arrive de temps en temps.

— Pas aujourd'hui.

— Donc, vous n'aviez personne à contacter de la part de Manuel, aucune instruction à donner, aucun coup de téléphone.

Elle haussait les épaules en rejetant machinalement la fumée.

— Vous êtes montée par le grand escalier ?

— Pourquoi aurais-je pris l'escalier de service ? Je ne suis pas une domestique, non ?

— Vous êtes-vous dirigée d'abord vers la cuisine ?

— Comme toujours quand je reviens du marché.

— Je peux voir ?

— Ouvrez cette porte. C'est en face, dans le couloir.

Il ne fit que jeter un coup d'œil. La femme de ménage préparait du café. Des légumes encombraient la table.

— Vous avez pris le temps de vider votre filet ?

— Je crois que non.

— Vous n'en êtes pas sûre ?

28

— Il y a des gestes qu'on fait machinalement. Après ce qui s'est passé ensuite, j'ai de la peine à me rappeler.

— Comme je vous connais, vous vous êtes donc rendue dans le cagibi pour embrasser Manuel.

— Vous savez aussi bien que moi ce que j'ai trouvé.

— Ce que j'ignore, ce sont vos faits et gestes.

— D'abord, je crois que j'ai poussé un cri. D'instinct, je me suis précipitée vers lui. Puis, je l'avoue, à la vue de tout ce sang, j'ai reculé lâchement. Je n'ai même pas été capable de lui donner un dernier baiser. Pauvre papa !

Des larmes coulaient, qu'elle ne songeait pas à essuyer.

— Vous avez ramassé l'automatique ?

— Je vous ai déjà dit que non. Vous voyez ! Vous prétendez me croire, et à peine sommes-nous en tête à tête que vous me tendez des pièges cousus de grosse ficelle.

— Vous n'y avez pas touché, ne fût-ce que pour l'essuyer ?

— Je n'ai touché à rien.

— Quand la femme de ménage est-elle arrivée ?

— Je ne sais pas. Elle passe par l'escalier de service et ne nous dérange jamais quand nous sommes dans cette pièce.

— Vous ne l'avez pas entendue entrer ?

— Du cagibi, on ne peut pas entendre.

— Il lui arrive d'être en retard ?

— Souvent. Elle a un fils malade, qu'elle doit soigner avant de venir.

— Ce n'est qu'à dix heures et quart que vous avez téléphoné au commissariat. Pourquoi ? Et pourquoi votre première idée n'a-t-elle pas été d'appeler un médecin ?

— Vous l'avez vu, non ? Il y a beaucoup de vivants dans cet état-là ?

— Qu'avez-vous fait pendant les vingt minutes qui se sont écoulées entre la découverte du corps et votre coup de téléphone ? Un bon conseil, Aline : ne répondez pas trop vite. Je vous connais. Vous m'avez souvent menti sans que je vous en veuille. Je ne suis pas sûr que le juge d'instruction soit dans les mêmes dispositions que moi. Or, c'est lui qui décidera de votre liberté !

Elle retrouva son ricanement de fille de la rue pour lui lancer :

— Ce serait le bouquet ! Qu'on m'arrête, moi ! Et des gens croient encore à la justice ! Vous y croyez, vous, après ce qui vous est arrivé ? Vous y croyez, dites ?

Maigret préféra ne pas répondre à la question.

— Voyez-vous, Aline, ces vingt minutes risquent de prendre une importance capitale. Manuel était un homme prudent. Je ne pense pas qu'il conservait dans cet appartement des papiers ou des objets compromettants, encore moins des bijoux ou de grosses sommes d'argent.

— Où voulez-vous en venir ?

— Vous ne vous en doutez pas ? Le premier réflexe, lorsqu'on découvre un cadavre, est d'appeler un médecin ou la police.

— Je suppose que je n'ai pas les mêmes réflexes que le commun des mortels.

— Vous n'êtes pas restée immobile, debout devant le corps, pendant une vingtaine de minutes.

— Un bon moment, en tout cas.

— A ne rien faire ?

— Si vous tenez à le savoir, j'ai commencé par prier. Je sais bien que c'est idiot, étant donné que je ne crois pas en leur sacré Bon Dieu. Il y a pourtant des moments où ça vous revient malgré vous. Que cela serve ou non, j'ai dit une prière pour le repos de son âme.

— Et ensuite ?

— J'ai marché.

— Où ?

— Du cagibi à cette chambre et de la chambre à la porte du cagibi. Je parlais toute seule. Je me sentais comme une bête en cage, comme une lionne à qui on vient de prendre son mâle et ses petits. Car il était tout pour moi, à la fois mon homme et comme mon enfant.

Elle parlait passionnément en arpentant la chambre comme pour reconstituer ses faits et gestes du matin.

— Cela a duré vingt minutes ?

— Peut-être.

— L'idée de mettre la femme de ménage au courant ne vous est pas venue à l'esprit ?

— Je n'ai même pas pensé à elle et, à aucun moment, je n'ai eu conscience de sa présence dans la cuisine.

— Vous n'êtes pas sortie de l'appartement ?

31

— Pour aller où ? Demandez à vos hommes.

— Bon. Supposons que vous avez dit la vérité.

— Je ne fais que cela.

Elle pouvait se montrer bonne fille à l'occasion. Peut-être avait-elle un fond de bonté et son attachement à Manuel était-il sincère ? Seulement, comme pour tant d'autres, ses expériences lui avaient laissé un besoin de hargne, d'agressivité.

Comment croire au bien, à la justice, comment faire confiance aux hommes après la vie qu'elle avait menée jusqu'à sa rencontre avec Palmari ?

— Nous allons nous livrer à une petite expérience, grommela Maigret en ouvrant la porte.

Il appela :

— Moers ! Tu peux venir avec la paraffine ?

On aurait pu croire, maintenant, que l'appartement avait été livré aux déménageurs et Janvier, qui avait ramené les inspecteurs Baron et Vacher, ne savait où se tenir.

— Patiente un moment, Janvier. Entrez, Moers.

Le spécialiste avait compris et préparait ses instruments.

— Votre main, madame.

— Pour quoi faire ?

Le commissaire expliquait :

— Pour établir que vous ne vous êtes pas servie ce matin d'une arme à feu.

Sans ciller, elle tendit la main droite. Puis,

à tout hasard, on refit l'expérience avec la gauche.

— Quand pourrez-vous me donner la réponse, Moers ?

— Une dizaine de minutes. J'ai tout ce qu'il faut en bas dans la camionnette.

— C'est vrai que vous ne me soupçonnez pas et que vous faites ça par routine ?

— Je suis à peu près certain que vous n'avez pas tué Manuel.

— Alors, de quoi me soupçonnez-vous ?

— Vous le savez mieux que moi, mon petit. Je ne suis pas pressé. Cela viendra en son temps.

Il appelait Janvier, les deux inspecteurs qui se montraient mal à l'aise dans cette chambre à coucher blanche et jaune.

— A vous, mes enfants.

Comme pour se préparer au combat, Aline allumait une cigarette et en exhalait la fumée avec une moue dédaigneuse.

## 2

Certes, Maigret ne s'attendait pas, en sortant de chez lui, à se retrouver rue des Acacias, où il avait passé une semaine plus tôt tant d'heures anxieuses. Ce n'était qu'une journée radieuse qu'il commençait en même temps que quelques millions de Parisiens. Il s'attendait encore moins à être attablé, vers une heure de l'après-midi, en compagnie du juge Ancelin, dans le bistrot à l'enseigne de Chez l'Auvergnat.

C'était, en face du domicile de Palmari, un bar du temps jadis, avec son zinc traditionnel, ses apéritifs que presque plus personne, sinon les vieux, ne buvait plus, son patron en tablier bleu, manches de chemise retroussées, le visage barré de moustaches d'un beau noir.

Des saucissons, des andouilles, des fromages en forme de gourde, des jambons à la couenne grisâtre comme s'ils avaient été conservés sous la cendre pendaient du plafond et on voyait à la devanture d'immenses pains plats venus tout droit du Massif central.

Au-delà de la porte vitrée de la cuisine, la

patronne s'affairait devant son fourneau, maigre et sèche.

— C'est pour déjeuner ? Une table pour deux ?

Il n'y avait pas de nappe mais, sur la toile cirée des tables, du papier gaufré sur lequel le patron faisait ses additions. Sur une ardoise, on pouvait lire, à la craie :

> *Rillettes du Morvan*
> *Rouelle de veau aux lentilles*
> *Fromage*
> *Tarte maison*

Le juge grassouillet s'épanouissait dans cette ambiance, humant avec gourmandise l'épais fumet de mangeaille. Il n'y avait que deux ou trois clients silencieux, des habitués que le propriétaire appelait par leur nom.

C'était ici, depuis des mois, le quartier général des inspecteurs qui se relayaient pour surveiller Manuel Palmari et Aline, l'un d'eux toujours prêt à suivre la jeune femme dès qu'elle sortait de la maison.

Pour le moment leur tâche semblait terminée.

— Qu'en pensez-vous, Maigret ? Vous permettez que je vous appelle ainsi, bien que nous en soyons à notre première rencontre ? Une rencontre, je vous l'ai dit tout à l'heure, que je souhaitais depuis longtemps. Savez-vous que vous me fascinez ?

Maigret se contenta de grommeler :

— Vous aimez la rouelle ?

— J'aime tous les plats de terroir. Je suis

36

fils de paysans, moi aussi, et mon frère cadet dirige la ferme familiale.

Une demi-heure plus tôt, quand Maigret était sorti de la chambre d'Aline, il avait été surpris de trouver le juge qui attendait dans le cagibi de Palmari.

Moers, à ce moment-là, avait déjà fait son premier rapport au commissaire. Le test de la paraffine était négatif. Autrement dit, ce n'était pas Aline qui avait tiré les coups de feu.

— Aucune empreinte digitale sur l'automatique, qui a été essuyé avec soin, de même que les boutons de portes, y compris à l'entrée de l'appartement.

Maigret avait froncé les sourcils.

— Vous voulez dire que le bouton ne portait même pas les empreintes d'Aline ?

— C'est exact.

Celle-ci était intervenue.

— Je mets toujours des gants pour sortir, même en été, car je déteste d'avoir les mains moites.

— Quels gants portiez-vous ce matin pour faire votre marché ?

— Des gants de coton blanc. Tenez ! les voici.

Elle les sortait d'un sac à main en forme de fourre-tout. Des traces vertes attestaient qu'elle avait tripoté des légumes.

— Baron ! appelait Maigret.

— Oui, patron.

— C'est vous qui avez suivi Aline ce matin ?

— Oui. Elle est sortie un peu avant neuf heures, portant, outre le sac à main que je

vois sur la table, un filet à provisions de couleur rouge.

— Elle avait des gants ?

— Des gants blancs, comme d'habitude.

— Vous ne l'avez pas quittée des yeux ?

— Je ne suis pas entré dans les boutiques,
mais elle ne m'a pas échappé un instant.

— Pas de coups de téléphone ?

— Non. Chez le boucher, elle a attendu son
tour assez longtemps, sans parler aux bonnes
femmes qui faisaient la queue avec elle.

— Vous avez noté l'heure de sa rentrée ?

— A une minute près. Dix heures moins
six.

— Elle paraissait pressée ?

— Au contraire, elle m'a donné l'impression de flâner, plutôt souriante, comme
quelqu'un qui profite d'une belle journée. Il
faisait déjà chaud et j'ai remarqué des cernes
de sueur sous les bras.

Maigret aussi transpirait et sentait sa chemise mouillée sous un veston pourtant léger.

— Appelez-moi Vacher. Bon. Dites-moi,
Vacher, pendant que votre camarade suivait
Aline Bauche, vous êtes resté en faction
devant l'immeuble ? Où vous teniez-vous ?

— Devant la maison du dentiste, juste en
face, sauf les cinq minutes que j'ai prises pour
boire un coup de blanc chez l'Auvergnat. Du
comptoir, on voit très bien l'entrée de
l'immeuble.

— Vous savez qui en est entré et sorti ?

— J'ai d'abord vu la concierge qui venait
secouer un paillasson sur le seuil. Elle m'a
reconnu et a grommelé je ne sais quoi, car elle

n'aime pas notre équipe et considère notre surveillance comme une injure personnelle.

— Ensuite ?

— Vers neuf heures dix, une jeune fille est sortie, un carton à dessin sous le bras. C'est la demoiselle Lavancher, la famille du premier à droite. Son père est contrôleur du métro. Elle se rend chaque matin dans une académie de peinture du boulevard des Batignolles.

— Et après ? Personne n'est entré ?

— Le garçon boucher a livré de la viande, j'ignore à qui. Je le connais, car je le vois toujours à la boucherie Mauduit, un peu plus haut dans la rue.

— Qui encore ?

— L'Italienne du troisième a battu ses carpettes à la fenêtre. Puis, quelques minutes avant dix heures, Aline est rentrée, chargée de provisions, et Baron m'a rejoint. Nous avons été surpris, plus tard, de voir arriver le commissaire de police, puis le juge d'instruction, puis vous-même. Nous ne savions que faire. Nous avons pensé que, faute d'instructions, le mieux était d'attendre dans la rue. '

— Je voudrais, pour le début de cet après-midi, une liste complète, étage par étage, des locataires de l'immeuble, avec la composition de la famille, profession, habitudes, etc. Mettez-vous-y tous les deux.

— Nous devons les questionner ?

— Je le ferai moi-même.

Le corps de Manuel avait été emporté et le médecin légiste procédait sans doute maintenant à l'autopsie.

— Je vous demanderai, Aline, de ne pas quitter l'appartement. L'inspecteur Janvier restera ici. Vos hommes sont partis, Moers ?

— Ils ont terminé leur travail sur place. Nous aurons les photos et un agrandissement des empreintes digitales vers trois heures.

— Il y a donc malgré tout des empreintes digitales ?

— Un peu partout, comme d'habitude, sur des cendriers, par exemple, sur la radio, le poste de télévision, les disques, sur maints objets que l'assassin n'a vraisemblablement pas touchés et qu'il n'a donc pas cru devoir essuyer.

Maigret fronça les sourcils et c'est alors qu'il s'aperçut que le juge Ancelin suivait passionnément ses moindres jeux de physionomie.

— Vous voulez que je vous fasse monter des sandwiches, mes enfants ?

— Non, on ira déjeuner après vous.

Sur le palier, le juge demanda :

— Vous rentrez déjeuner chez vous ?

— Hélas non, malgré le homard qui m'attend.

— Je peux me permettre de vous inviter ?

— Vous ne connaissez pas le quartier comme moi. C'est moi qui vous invite, si cela ne vous effraie pas de manger de la cuisine auvergnate dans un bistrot.

Ils étaient donc attablés devant la nappe en papier et le commissaire tirait parfois son mouchoir de sa poche pour s'éponger.

— Je suppose, Maigret, que vous considérez le test de la paraffine comme concluant ?

J'ai étudié autrefois les méthodes scientifiques d'investigation, mais j'avoue n'en avoir pas retenu grand-chose.

— A moins que l'assassin ne se soit protégé par des gants de caoutchouc, ses mains portent certainement des traces minuscules de poudre qui persisteront deux ou trois jours et que le test de la paraffine révèle à coup sûr.

— Vous ne croyez pas que cette Aline, dont la femme de ménage ne vient que quelques heures par jour, porte des gants de caoutchouc, ne fût-ce que pour laver la vaisselle ?

— C'est probable. Nous nous en assurerons tout à l'heure.

Il commençait à regarder le petit juge avec curiosité.

— Ces rillettes sont fameuses. Elles me rappellent celles que nous faisions à la ferme quand on tuait le cochon. Je crois que vous avez l'habitude, Maigret, de mener seul vos enquêtes, je veux dire seul avec vos collaborateurs, et d'attendre des résultats plus ou moins définitifs pour adresser votre rapport au Parquet et au juge d'instruction ?

— Ce n'est plus guère possible. Les suspects ont droit, dès le premier interrogatoire, à la présence de leur avocat, et ceux-ci, qui apprécient peu l'atmosphère du Quai des Orfèvres, se sentent plus à l'aise devant un magistrat.

— Si je suis resté ce matin et si j'ai désiré déjeuner avec vous, ce n'est pas pour contrôler vos initiatives, croyez-le, encore moins pour vous brider. Comme je vous l'ai dit, je suis curieux de vos méthodes et, en vous voyant à l'œuvre, je prendrai une excellente leçon.

Maigret ne répondit à ce compliment que par un geste vague.

— C'est vrai que vous avez six enfants ? questionnait-il à son tour.

— J'en aurai sept dans trois mois.

Les yeux du juge riaient, comme s'il faisait ainsi une bonne blague à la société.

— Vous savez, c'est fort instructif. Les enfants ont, dès le plus jeune âge, les qualités et les défauts des grandes personnes, de sorte qu'on apprend à connaître les hommes en les regardant vivre.

— Votre femme...

Il allait dire : « Votre femme est du même avis ? »

Et le juge de poursuivre :

— Le rêve de ma femme aurait été d'être une mère lapine dans son clapier. Elle n'est jamais si gaie et si insouciante que lorsqu'elle est enceinte. Elle devient énorme, prend jusqu'à trente kilos qu'elle porte allégrement.

Un juge d'instruction gai, optimiste, dégustant de la rouelle de veau aux lentilles dans un bistrot auvergnat comme s'il le fréquentait depuis toujours.

— Vous connaissiez bien Manuel, n'est-ce pas ?

— Depuis plus de vingt ans.

— Un dur ?

— Un dur et un tendre, c'est difficile à dire. Quand il est arrivé à Paris, après avoir traîné ses espadrilles à Marseille et sur la Côte d'Azur, c'était un fauve aux dents longues. La plupart de ses pareils ne tardent pas à faire connaissance avec la police, la correctionnelle, les assises, la prison.

» Palmari, lui, bien que vivant dans le milieu, s'est arrangé pour ne pas être remarqué et, quand il a racheté le Clou Doré, qui n'était qu'un bistrot à l'époque, il ne s'est pas trop fait tirer l'oreille pour nous refiler des renseignements sur sa clientèle.

— C'était un de vos indicateurs ?

— Oui et non. Il gardait ses distances, en disait juste assez pour rester bien avec nous. Ainsi, il a toujours prétendu n'avoir pas vu les deux hommes qui ont tiré sur lui alors qu'il s'apprêtait à baisser ses volets. Comme par hasard, deux tueurs marseillais ont été abattus dans le Midi quelques mois plus tard.

— Il s'entendait bien avec Aline ?

— Il ne voyait que par elle. Ne vous y trompez pas, monsieur le juge : cette fille-là, malgré ses origines et ses débuts, c'est quelqu'un. Elle est beaucoup plus intelligente que ne l'était Palmari et, bien dirigée, elle aurait pu se faire un nom au théâtre, dans le cinéma, se lancer dans n'importe quelle entreprise.

— Vous croyez qu'elle l'aimait, en dépit de la différence d'âge ?

— L'expérience m'a montré que, pour les femmes, pour certaines en tout cas, l'âge ne compte pas.

— Vous ne la soupçonnez donc pas du meurtre de ce matin ?

— Je ne soupçonne personne et je soupçonne tout le monde.

Il n'y avait plus qu'un client à table, deux

autres au bar, des ouvriers qui travaillaient dans le quartier. La rouelle de veau était savoureuse et Maigret ne se souvenait pas avoir mangé des lentilles aussi onctueuses. Il se promettait de revenir un jour avec sa femme.

— Comme je connais Palmari, l'automatique, ce matin, était à sa place derrière la radio. Si ce n'est pas Aline qui a tué, l'assassin était quelqu'un en qui Manuel avait toute confiance, quelqu'un qui, probablement, avait la clef de l'appartement. Or, depuis des mois que la maison est surveillée, Palmari n'a reçu aucun visiteur.

» Il fallait traverser le salon, dont la porte reste toujours ouverte, pénétrer dans le cagibi, tourner autour du fauteuil roulant pour saisir l'arme. S'il s'agit d'un truand, il connaît le test de la paraffine. Or, je vois mal Palmari accueillir un visiteur ganté de caoutchouc. Enfin, mes inspecteurs n'ont vu entrer aucun suspect. La concierge, interrogée, n'a remarqué personne. Le garçon boucher, qui vient livrer chaque jour à la même heure, est hors de cause.

— Quelqu'un a pu pénétrer dans l'immeuble hier soir ou cette nuit et rester caché dans l'escalier ?

— C'est une des vérifications que je compte faire cet après-midi.

— Vous affirmiez tout à l'heure n'avoir aucune idée. M'en voudriez-vous de vous soupçonner d'avoir néanmoins ce qu'on appelle une idée de derrière la tête ?

— C'est exact. Seulement, elle risque de ne

me mener nulle part. L'immeuble a cinq étages, sans compter le rez-de-chaussée et les mansardes. Chaque étage comporte deux appartements. Cela représente un certain nombre de locataires.

» Pendant des mois, les communications téléphoniques de Palmari ont été enregistrées, toutes parfaitement innocentes.

» Je n'ai jamais voulu croire que cet homme s'était retranché entièrement du monde. J'ai fait suivre Aline à chacune de ses sorties.

» J'ai obtenu ainsi la preuve qu'il lui arrivait de donner des coups de téléphone de l'arrière-boutique d'un commerçant chez qui elle faisait ses achats.

» Il lui arrivait aussi, périodiquement, d'échapper, soit par le truc classique de l'immeuble à deux issues, du grand magasin ou du métro, pendant quelques heures à notre surveillance.

» J'ai les dates de ces coups de téléphone et de ces sorties. Je les ai comparées avec les dates des vols dans les bijouteries.

— Elles coïncident ?

— Oui et non. Pas toutes. Souvent, les coups de téléphone ont précédé de cinq ou six jours un vol de bijoux. Les sorties mystérieuses, par contre, ont parfois eu lieu quelques heures après ces vols. Tirez-en vos propres conclusions, sans perdre de vue que ces fric-frac ont presque tous été commis par des jeunes sans casier judiciaire venus comme tout exprès du Midi ou de la province. Vous reprendrez de la tarte ?

C'était une tarte aux prunes, juteuse, parfumée de cannelle.

— Si vous en reprenez vous-même.

Ils finirent leur repas par un marc sans étiquette qui titrait au moins 65° et qui leur mit le feu aux joues.

— Je commence à me rendre compte... soupirait le juge en s'épongeant à son tour. Dommage que le travail me retienne au Palais et que je ne puisse suivre votre enquête pas à pas. Vous savez déjà comment vous allez vous y prendre ?

— Je n'en ai pas la moindre idée. Si j'avais un plan, je serais forcé de le changer dans quelques heures. Pour l'immédiat, je m'occuperai d'abord des locataires de l'immeuble. Je ferai du porte à porte, comme un marchand d'aspirateurs. Je reverrai ensuite notre Aline, qui n'a pas tout dit et qui aura eu le temps de réfléchir. Cela ne signifie pas qu'elle sera plus loquace que ce matin.

Ils se levaient après une courte discussion au sujet de l'addition.

— C'est moi qui me suis invité, protestait le juge.

— Je suis ici un peu chez moi, affirmait Maigret. La prochaine fois, ailleurs, ce sera votre tour.

Le patron leur lançait de derrière son comptoir :

— Vous avez bien mangé, messieurs ?

— Fort bien.

Tellement bien qu'ils se sentaient tous les deux un peu lourds, surtout une fois en plein soleil.

46

— Merci pour ce repas, Maigret. Ne me laissez pas trop longtemps sans nouvelles.

— Promis.

Et, pendant que le juge rubicond se faufilait derrière le volant de son auto délabrée, le commissaire pénétrait une fois de plus dans l'immeuble qui lui devenait de plus en plus familier.

Il avait bien déjeuné. Il gardait dans la bouche la saveur du marc. La chaleur, si elle donnait envie de sommeiller, était agréable, le soleil plein de gaieté.

Manuel aussi aimait les bons repas, le marc, et cette demi-somnolence des beaux jours d'été.

Il devait être à présent, sous un drap rugueux, dans un des tiroirs métalliques de l'Institut médico-légal.

Baron arpentait le salon en sifflotant. Il avait retiré son veston, ouvert la fenêtre et Maigret devinait qu'il avait hâte d'aller manger, non sans avoir avalé un grand verre de bière.

— Tu peux aller. Tu poseras ton rapport sur mon bureau.

Le commissaire apercevait Janvier, en bras de chemise, lui aussi, dans le cagibi où il avait baissé les stores vénitiens. A l'entrée de Maigret, il se leva, remit dans les rayons le roman populaire qu'il était occupé à lire et saisit son veston.

— La femme de ménage est partie ?

— Je l'ai d'abord interrogée. Elle n'est pas

loquace. C'est une nouvelle, embauchée au début de la semaine. L'ancienne, paraît-il, est retournée en province, en Bretagne, je crois, pour soigner sa mère infirme.

— A quelle heure est-elle arrivée aujourd'hui ?

— A dix heures, selon elle.

Il existe à Paris comme ailleurs plusieurs types de femmes de ménage. Celle-ci, qu'on appelait Mme Martin, appartenait à la catégorie la plus désagréable, celle des femmes qui ont eu des malheurs et qui continuent à attirer les catastrophes, de sorte qu'elles en veulent à l'univers entier.

Elle portait une robe noire devenue informe, des souliers éculés, et elle regardait les gens en dessous, d'un œil féroce, comme si elle s'attendait toujours à être attaquée.

— Je ne sais rien, avait-elle déclaré à Janvier avant même que celui-ci ouvre la bouche. Vous n'avez pas le droit de m'embêter. Il n'y a que quatre jours que je travaille dans cette maison.

On devinait son habitude de grommeler des phrases vengeresses, entre ses dents, pendant son travail solitaire.

— Je m'en vais et personne ne peut m'en empêcher. Je ne remettrai plus les pieds ici. Je me doutais bien qu'ils n'étaient pas mariés et que cela amènerait un jour des drames.

— Qu'est-ce qui vous fait supposer que la mort de M. Palmari a quelque chose à voir avec le fait qu'il n'était pas marié ?

— C'est toujours ainsi, non ?

— Par quel escalier êtes-vous montée ?

— Celui des domestiques, répliquait-elle avec aigreur. Il fut un temps, quand j'étais jeune, où on aurait été heureux de me faire monter le grand escalier.

— Vous avez vu Mlle Bauche ?

— Non.

— Vous êtes entrée tout de suite dans la cuisine ?

— C'est toujours par là que je commence.

— Combien d'heures veniez-vous par jour ?

— Deux heures, de dix à douze. Toute la matinée le lundi et le samedi, mais je n'aurai pas l'occasion, Dieu merci, de faire un samedi.

— Qu'avez-vous entendu ?

— Rien.

— Où se tenait votre patronne ?

— Je ne sais pas.

— Vous ne deviez pas lui demander ses instructions ?

— Je suis assez grande pour savoir ce que j'ai à faire quand on me l'a dit une fois.

— Et que deviez-vous faire ?

— Mettre en place les achats qu'elle venait de faire et qui se trouvaient sur la table. Puis nettoyer les légumes. Puis passer l'aspirateur dans le salon.

— Vous en avez eu le temps ?

— Non.

— Qu'est-ce qui venait, les autres jours, après le salon ?

— La chambre à coucher et la salle de bains.

— Pas le cagibi ?

49

— Le bureau de monsieur ? C'était la demoiselle qui s'en occupait elle-même.

— Vous n'avez pas entendu de coup de feu ?

— Je n'ai rien entendu.

— Vous n'avez pas entendu non plus la voix de votre patronne parlant au téléphone ?

— La porte était fermée.

— A quelle heure avez-vous vu Mlle Bauche ce matin ?

— Je ne sais pas au juste. Dix minutes ou un quart d'heure après mon arrivée.

— Comment était-elle ?

— Elle avait pleuré.

— Elle ne pleurait plus ?

— Non. Elle m'a dit :

» — Ne me laisse pas seule. J'ai peur de m'évanouir. On a tué papa.

— Ensuite ?

— Elle s'est dirigée vers la chambre où je l'ai suivie. Ce n'est qu'après s'être jetée sur le lit qu'elle s'est mise à pleurer de nouveau. Puis elle m'a dit :

» — Quand on sonnera à la porte, tu iras ouvrir. J'ai appelé la police.

— Vous n'avez pas eu la curiosité de demander des détails ?

— Les affaires des gens ne me regardent pas. Moins on en sait, mieux cela vaut.

— Vous n'êtes pas non plus allée jeter un coup d'œil à M. Palmari ?

— A quoi bon ?

— Que pensiez-vous de lui ?

— Rien.

— Et de votre patronne ?

— Rien non plus.

— Vous êtes ici depuis lundi. Avez-vous déjà vu un visiteur ?

— Non.

— Personne n'a demandé à parler à M. Palmari ?

— Non. C'est tout ? Je peux partir ?

— A condition de me laisser votre adresse.

— Ce n'est pas loin. J'habite une mansarde dans la maison la plus délabrée de la rue de l'Etoile, au 27 *bis*. Vous ne m'y trouverez que le soir, car je fais des ménages toute la journée. Et retenez bien que je n'aime pas la police.

Janvier venait de lire au commissaire cette déposition qu'il avait sténographiée.

— Il y a longtemps que Moers est parti ?

— Environ trois quarts d'heure. Il a tout fouillé dans cette pièce, examiné les livres un à un, les pochettes de disques. Il m'a prié de vous dire qu'il n'a rien trouvé. Aucune cachette dans les murs non plus, pas de double tiroir dans les meubles.

» A tout hasard, il a passé l'aspirateur et il a emporté les poussières pour les analyser.

— Va déjeuner. Je te recommande la rouelle de veau chez l'Auvergnat, pour autant qu'on te serve encore à cette heure-ci. Reviens ensuite me prendre. Tu as recommandé au commissaire de police de ne rien dire à la presse ?

— Oui. A tout à l'heure. A propos, le juge ne vous a pas cassé les pieds ?

— Au contraire. Je commence déjà à l'aimer, cet homme.

Maigret, une fois seul, retira son veston, bourra lentement une pipe et commença à regarder autour de lui comme s'il prenait possession des lieux.

Le fauteuil roulant de Palmari, qu'il voyait vide pour la première fois, devenait tout à coup impressionnant, surtout que le cuir du siège et du dossier gardait l'empreinte du corps, le trou percé par une des balles qui s'était logée dans le rembourrage du dossier.

Machinalement, il tripota un peu les livres, les disques, tourna un instant le bouton de la radio qui vantait une marque de nourriture pour bébés.

Il remonta les stores des fenêtres qui donnaient l'une sur la rue des Acacias, l'autre sur la rue de l'Arc-de-Triomphe.

Depuis trois ans, Palmari vivait dans cette pièce du matin au soir, ne la quittant que pour se mettre au lit après qu'Aline l'eut déshabillé comme un enfant.

A en croire ce qu'il affirmait dix jours plus tôt et ce que confirmaient les inspecteurs, il ne recevait aucune visite et sa compagne était, en dehors de la radio et de la télévision, le seul lien entre lui et le monde extérieur.

Maigret finit par traverser le salon et par frapper à la porte de la chambre. Ne recevant pas de réponse, il ouvrit et trouva Aline, couchée sur le dos, dans l'immense lit, les yeux fixés sur le plafond.

— J'espère que je ne vous ai pas réveillée ?

— Je ne dormais pas.

— Vous avez mangé ?

— Je n'ai pas faim.

— Votre femme de ménage a annoncé qu'elle ne reviendrait plus.

— Que voulez-vous que cela me fasse ? Si vous pouviez ne plus revenir vous aussi !

— Que feriez-vous ?

— Rien. Si on vous abattait à votre tour, votre femme apprécierait-elle qu'on envahisse son appartement et qu'on lui pose question sur question ?

— C'est malheureusement indispensable.

— Je ne connais rien de plus barbare.

— Si : l'assassinat.

— Et vous me soupçonnez de l'avoir commis ? Malgré le test auquel votre spécialiste a procédé ce matin ?

— Vous cuisinez, je suppose ?

— Comme toutes les femmes qui n'ont pas de bonne.

— Vous mettez des gants de caoutchouc ?

— Pas pour cuisiner, mais pour éplucher les légumes et pour laver la vaisselle.

— Où sont-ils ?

— Dans la cuisine.

— Voulez-vous me les montrer ?

Elle se leva avec mauvaise grâce, les yeux assombris par la rancune.

— Venez.

Elle dut ouvrir deux tiroirs avant de les trouver.

— Voilà ! Vous pouvez les envoyer à vos artistes. Je ne les ai pas portés ce matin.

Maigret les empocha sans mot dire.

— Contrairement à ce que vous pensez, Aline, j'ai beaucoup de sympathie et même une certaine admiration pour vous.

— Je dois en être touchée ?

— Non. Je voudrais que vous veniez un moment bavarder avec moi dans le cagibi de Manuel.

— Sinon ?...

— Que voulez-vous dire ?

— Si je refuse ? Je suppose que vous m'emmèneriez dans votre bureau du Quai des Orfèvres ?

— Je préférerais que cela se passe ici.

Elle haussa les épaules, le précéda, se laissa tomber sur le divan étroit.

— Vous vous figurez que je vais me troubler en revoyant les lieux du crime ?

— Non. Il serait préférable que vous cessiez de vous raidir, de vous tenir sur la défensive, de me cacher ce que vous serez bien forcée de m'avouer un jour.

Elle allumait une cigarette en regardant Maigret avec indifférence.

Désignant le fauteuil roulant, le commissaire murmurait :

— Vous désirez que celui qui a fait ça soit puni, n'est-ce pas ?

— Ce n'est pas sur la police que je compte.

— Vous préférez vous en charger vous-même ? Quel âge avez-vous, Aline ?

— Vous le savez. Vingt-cinq ans.

— Vous avez donc toute une vie devant vous. Manuel a-t-il laissé un testament ?

— Je ne m'en suis jamais inquiétée.

— Il avait un notaire ?

— Il ne m'en a pas parlé.

— Où plaçait-il son argent ?

— Quel argent ?

— Pour commencer, celui que lui rapportait le Clou Doré. Je sais que c'est vous qui, chaque semaine, receviez du gérant les sommes revenant à Manuel. Qu'en faisiez-vous ?

Elle eut une expression de joueur d'échecs qui envisage toutes les conséquences possibles de son prochain coup.

— Je déposais l'argent à la banque, ne gardant que ce dont j'avais besoin pour le ménage.

— Quelle banque ?

— La succursale du Crédit Lyonnais, avenue de la Grande-Armée.

— Le compte est à votre nom ?

— Oui.

— Il n'y a pas un autre compte au nom de Palmari ?

— Je l'ignore.

— Ecoutez, Aline. Vous êtes une fille intelligente. Jusqu'ici, avec Manuel, vous avez mené un certain genre de vie, plus ou moins en marge de la société. Palmari était un caïd, un dur, qui, pendant des années, a su se faire respecter.

Elle désigna ironiquement le fauteuil roulant, puis la tache de sang mal effacée sur le tapis.

— Si un homme comme lui, qui connaissait toutes les ficelles, s'est laissé avoir, que pensez-vous d'une jeune femme désormais sans défense ?

» Voulez-vous mon opinion ? Je ne vois que deux hypothèses. Ou bien ceux qui se sont acharnés sur lui s'en prendront bientôt à vous et ils ne vous rateront pas plus qu'ils ne l'ont raté. Ou bien ils vous laisseront tranquille et cela signifiera pour moi que vous êtes de mèche avec eux.

» Voyez-vous, vous en savez trop et, dans ce milieu, on considère que les morts seuls ne risquent pas de parler.

— Vous essayez de me faire peur ?

— J'essaie de vous amener à réfléchir. Voilà trop longtemps que nous jouons au plus fin tous les deux.

— Ce qui prouverait, selon votre théorie, que je suis capable de me taire.

— Cela vous dérange que j'ouvre la fenêtre ?

Il ouvrit celle qui ne recevait pas le soleil, mais l'air du dehors n'était guère plus frais que celui de la pièce et Maigret continua à transpirer. Il ne se décidait pas à s'asseoir.

— Depuis trois ans, vous viviez ici avec Manuel qui, prétendait-il et prétendez-vous, n'avait aucun contact avec l'extérieur. Ces contacts, à vrai dire, il les avait par votre intermédiaire.

» Officiellement, vous vous contentiez d'aller une fois par semaine, rarement deux, vérifier les comptes du Clou Doré, toucher la part de Palmari et verser l'argent en banque, à un compte ouvert à votre nom.

» Or, vous éprouviez souvent le besoin d'échapper à la surveillance de mes inspecteurs, soit pour donner de mystérieux coups de téléphone, soit pour vous assurer quelques heures de liberté.

— Je pourrais avoir un amant, par exemple ?

— Cela ne vous gêne pas un peu de parler ainsi aujourd'hui ?

— C'est pour vous montrer que beaucoup d'hypothèses sont possibles.

— Non, mon petit.

— Je ne suis pas votre petit.

— Je sais ! Vous me l'avez déjà dit et répété. N'empêche qu'il y a des moments où vous vous comportez en gamine et où on a envie de vous gifler.

» J'ai parlé tout à l'heure de votre intelligence. Seulement, vous ne paraissez pas vous rendre compte du guêpier dans lequel vous vous trouvez.

» Que vous ayez adopté cette attitude tant que Palmari était là pour vous conseiller et vous protéger, passe encore. Désormais, vous êtes seule, vous entendez ? Existe-t-il une autre arme dans la maison que celle qui se trouve en ce moment chez les experts ?

— Des couteaux de cuisine.

— Que je m'en aille, que je cesse de vous faire surveiller...

— C'est bien ce que je désire.

Il haussait les épaules, découragé. Rien ne mordait sur elle, malgré son abattement visible et une certaine inquiétude qu'elle ne parvenait pas à cacher entièrement.

— Reprenons la conversation par un autre bout. Palmari avait soixante ans. Depuis une quinzaine d'années, il était propriétaire du Clou Doré, qu'il a exploité lui-même jusqu'à ce que son infirmité l'en empêche. Rien qu'avec son restaurant, il a gagné beaucoup d'argent, et il avait d'autres sources de revenus.

» Or, en dehors de l'achat de cet appartement, des meubles et des frais courants, il ne se livrait pas à de grosses dépenses. Où se trouve la fortune ainsi amassée ?

— Il est trop tard pour le lui demander.

— Vous lui connaissez de la famille ?

— Non.

— Vous ne pensez pas que, vous aimant comme il vous aimait, il s'est arrangé pour que cet argent vous revienne ?

— C'est vous qui le dites.

— Les gens de sa sorte répugnent en général à confier leur argent à une banque, car il est trop facile d'y retrouver la date des versements.

— Je continue à vous écouter.

— Manuel ne travaillait pas seul.

— Au Clou Doré ?

— Vous savez que ce n'est pas de ça que je parle, mais des bijoux.

— Vous êtes venu au moins vingt fois pour lui en parler. En avez-vous tiré quelque chose ? Pourquoi vous imaginez-vous que, papa mort, vous allez réussir avec moi ?

— Parce que vous êtes en danger.

— Cela vous regarde ?

— Il me déplairait de recommencer, pour vous, la petite cérémonie de ce matin.

Il sembla à Maigret qu'elle commençait à réfléchir mais, tout en écrasant sa cigarette dans le cendrier, elle n'en soupira pas moins :

— Je n'ai rien à dire.

— Vous m'excuserez, dans ce cas, de laisser un de mes hommes jour et nuit dans cet appartement. Un autre continuera à vous prendre en filature dès que vous sortirez. Enfin, officiellement, je vous prie de ne pas vous éloigner de Paris jusqu'à la fin de l'enquête.

— J'ai compris. Où dormira donc votre inspecteur ?

— Il ne dormira pas. Si, à n'importe quel moment, vous avez quelque chose à me dire, téléphonez-moi à mon bureau ou appelez mon domicile. Voici mon numéro.

Elle ne toucha pas à la carte qu'il lui tendait et qu'il posa en fin de compte sur le guéridon.

— Maintenant que notre entretien est terminé, je vous adresse, très sincèrement, mes condoléances. Palmari avait choisi de vivre en marge, mais je ne vous cache pas que j'avais pour lui une sorte d'admiration.

» Au revoir, Aline. On sonne à la porte et c'est certainement Janvier qui a fini de déjeuner. Il restera ici jusqu'à ce que j'envoie un inspecteur pour le relayer.

Il fut sur le point de lui tendre la main. Il la sentait troublée. Sachant qu'elle ne répondrait pas à son geste, il remit son veston et se dirigea vers la porte pour l'ouvrir à Janvier.

— Du nouveau, patron ?

Il fit signe que non.

— Reste ici jusqu'à ce que je te fasse remplacer. Veille sur elle et méfie-toi de l'escalier de service.

— Vous rentrez au Quai ?

Maigret, après un geste vague, soupira :

— Je ne sais pas.

Quelques minutes plus tard, il buvait un grand demi dans une brasserie de l'avenue de Wagram. Il aurait préféré l'atmosphère de Chez l'Auvergnat mais, dans le bistrot, il n'y avait pas de cabine téléphonique. L'appareil se trouvait accroché près du comptoir et les clients entendaient les conversations.

— Un autre demi, garçon, et quelques jetons de téléphone. Mettez-en cinq.

Une professionnelle empâtée, le visage barbouillé de fards multicolores, lui souriait naïvement sans soupçonner son identité. Il en eut pitié et, pour lui éviter de perdre son temps, il fit comprendre, par signes, qu'il n'était pas amateur.

Tout en regardant vaguement, à travers la vitre de la cabine, les consommateurs assis autour des tables, Maigret appela d'abord le juge Ancelin pour lui demander de remettre à plus tard l'apposition des scellés rue des Acacias.

— J'ai laissé un de mes inspecteurs dans l'appartement et j'en enverrai tout à l'heure un autre qui y passera la nuit.

— Avez-vous à nouveau interrogé la jeune femme ?

— Je sors d'un long entretien avec elle, sans le moindre résultat.

— Où êtes-vous en ce moment ?

— Dans une brasserie de l'avenue de Wagram, d'où il me reste quelques coups de téléphone à donner.

Il crut entendre un soupir. Le petit juge grassouillet ne l'enviait-il pas d'être plongé dans la vie frémissante de la ville alors que lui-même, dans un bureau poussiéreux, se concentrait sur des dossiers abstraits, aux formules monotones ?

Au collège, le jeune Maigret regardait avec

nostalgie, par la fenêtre de sa classe, les hommes, les femmes qui allaient et venaient sur les trottoirs tandis qu'il se trouvait enfermé.

La brasserie était presque pleine et cela restait un étonnement pour lui, après tant d'années, de voir tant de gens aller et venir aux heures où d'autres peinaient dans des bureaux, des ateliers ou des usines.

Les premiers temps de son arrivée à Paris, il pouvait rester un après-midi entier à une terrasse des Grands Boulevards, ou du boulevard Saint-Michel, suivant des yeux la foule mouvante, observant les visages, s'efforçant de deviner les préoccupations de chacun.

— ... Merci, monsieur le juge. Dès qu'il y aura du nouveau, je m'empresserai de vous en faire part.

Au tour du médecin légiste, qu'il atteignit dans son cabinet. Ce n'était plus le docteur Paul, mais son jeune successeur, moins pittoresque, qui n'en accomplissait pas moins sa tâche avec conscience.

— Vos hommes, vous le savez, ont retrouvé une balle dans le dossier du fauteuil roulant. Elle a été tirée de face, alors que la victime était déjà morte.

— De quelle distance environ ?

— Moins d'un mètre et plus de cinquante centimètres. Je ne peux préciser davantage sans entrer dans le domaine des hypothèses. Le projectile qui a tué Palmari a été tiré par-derrière, dans la nuque, presque à bout portant, légèrement de bas en haut, et s'est logé dans la boîte crânienne.

— Les trois balles sont du même calibre ?

— Autant que j'en peux juger. L'expert en balistique les a entre les mains. Vous recevrez mon rapport officiel demain matin.

— Une dernière question : l'heure.

— Entre neuf heures et demie et dix heures.

Au tour de Gastinne-Renette.

— Vous avez eu le temps d'étudier l'arme que je vous ai fait porter et les trois projectiles ?

— Il me reste à procéder à des vérifications, mais il est à peu près certain, dès à présent, que les trois balles ont été tirées par le Smith et Wesson.

— Je vous remercie.

Un jeune homme timide, dans la brasserie, tournait en rond, finissait par s'asseoir à côté de la professionnelle aux hanches épaisses et au visage trop maquillé. Sans oser la regarder, il commandait un bock et ses doigts qui pianotaient sur la table révélaient son embarras.

— Allô ! la Brigade financière ? Ici, Maigret. Passez-moi le commissaire Belhomme, voulez-vous ?

Maigret paraissait plus intéressé par ce qui se passait dans la salle que par ce qu'il disait.

— Belhomme ? Ici Maigret. J'ai besoin de vous, mon vieux. Il s'agit d'un certain Manuel Palmari, qui habite, ou plutôt qui habitait, rue des Acacias. Il est mort. Des petits copains ont jugé qu'il avait vécu assez longtemps. Palmari possédait un restaurant rue Fontaine, le Clou Doré, qu'il a mis en gérance il y a environ trois ans.

» Vous y êtes ? Il vivait avec une certaine Aline Bauche. Celle-ci possède un compte à son nom à la succursale du Crédit Lyonnais, avenue de la Grande-Armée. Il semble qu'elle y déposait chaque semaine une partie de la recette du Clou Doré.

» J'ai des raisons de croire que Palmari jouissait de sources de revenu plus importantes. On n'a rien retrouvé chez lui, sinon quelques billets de mille et de cent dans son portefeuille et deux mille francs environ dans le sac à main de sa maîtresse.

» Pas besoin de vous faire un dessin. Le magot est quelque part, peut-être entre les mains d'un notaire, peut-être placé dans des maisons de commerce ou dans des immeubles. Ou je me trompe fort, ou c'est très gros.

» Urgent, oui, comme toujours. Merci, vieux. A demain.

Un coup de téléphone à Mme Maigret, comme il lui en avait donné un le matin.

— Je ne crois pas que je rentrerai dîner et il est même possible que je ne sois que très tard à la maison... Maintenant ?... Avenue de Wagram, dans une brasserie... Qu'est-ce que tu vas manger ?... Une omelette aux fines herbes ?...

La P.J., enfin.

— Passez-moi Lucas, voulez-vous ?... Allô ! Lucas ?... Veux-tu venir tout de suite rue des Acacias ?... Oui... Et arrange-toi pour qu'un nuiteux t'y relaie vers huit heures... Qui as-tu sous la main ?... Janin ?... Parfait... Préviens-le qu'il aura à passer la nuit sans dormir...

Non, pas dehors... Il disposera d'un bon fauteuil.

Le jeune homme se levait, les joues cramoisies, suivait entre les rangées de tables et de chaises la femme qui aurait pu être sa mère. Etait-ce la première fois ?

— Un demi, garçon.

Dehors, l'air grésillait et les femmes paraissaient nues sous leurs robes légères.

Si le préfet pète-sec avait pu voir Maigret en ce moment, ne l'aurait-il pas encore accusé de se livrer à un travail indigne d'un divisionnaire ?

Pourtant, c'est ainsi que le commissaire avait réussi la plupart de ses enquêtes : en montant des escaliers, en reniflant dans les coins, en bavardant à gauche et à droite, en posant des questions futiles en apparence, en passant des heures dans des bistrots parfois peu recommandables.

Le petit juge, lui, avait compris et l'enviait.

Quelques minutes plus tard, Maigret pénétrait dans la loge de l'immeuble où habitait Aline. Il en est des concierges comme des femmes de ménage : tout bon ou tout mauvais. Il en avait rencontré de charmantes, proprettes et gaies, dont la loge était un modèle d'ordre et de propreté.

Celle-ci, qui devait avoir dans les cinquante-cinq ans, appartenait à l'autre catégorie, les grincheuses, les mal portantes toujours prêtes à se plaindre de la méchanceté du monde et de leur triste sort.

— C'est encore vous ?

Elle écossait des petits pois, une tasse de

café devant elle, sur la toile cirée qui recouvrait la table ronde.

— Qu'est-ce que vous me voulez encore ? Je vous ai dit que je n'ai vu monter personne, sauf le garçon boucher qui livre depuis plusieurs années.

— Je suppose que vous possédez une liste des locataires ?

— Comment m'y prendrais-je, autrement, pour encaisser les loyers. Si seulement tout le monde payait le jour du terme ! Quand je pense que je suis obligée de monter des quatre et des cinq fois chez des gens qui ne se privent de rien !...

— Veuillez me remettre cette liste.

— Je ne sais pas si je dois. Je ferais peut-être mieux de demander la permission à la propriétaire.

— Elle a le téléphone ?

— Même si elle ne l'avait pas, je n'aurais pas loin à aller.

— Elle habite l'immeuble ?

— Tiens donc ! Vous essayez de me faire croire que vous ne la connaissez pas ? Tant pis si je gaffe. Ce n'est pas le jour pour la déranger, car elle a bien assez d'ennuis comme ça.

— Vous voulez dire ?...

— Vous ne le saviez pas ? Tant pis ! Vous l'auriez appris un jour ou l'autre. Quand la police commence à fouiller quelque part... C'est Mlle Bauche, oui...

— Les quittances sont signées de son nom ?

66

— Par qui seraient-elles signées, puisque la maison lui appartient ?

Maigret, sans y être invité, s'était assis dans un fauteuil d'osier dont il avait expulsé le chat.

— Voyons cette liste...

— Tant pis pour vous. Vous vous arrangerez avec Mlle Bauche, qui n'est pas toujours commode.

— Elle est près de ses sous ?

— Elle n'apprécie pas les gens qui ne paient pas. En outre, elle a ses têtes.

— Je vois ici que le logement voisin du vôtre est occupé par un nommé Jean Chabaud. Qui est-ce ?

— Un jeune homme d'à peine plus de vingt ans qui travaille à la télévision. Il est presque toujours en voyage, car il est spécialisé dans les sports, le football, les courses d'autos, le Tour de France...

— Marié ?

— Non.

— Il connaît Aline Bauche ?

— Je ne le pense pas. C'est moi qui lui ai fait signer le bail.

— Et l'appartement de droite ?

— Vous ne savez pas lire ? Il y a une plaque sur la porte : Mlle Jeanine Hérel, pédicure.

— Elle habite la maison depuis longtemps ?

— Quinze ans. Elle est plus âgée que moi. Elle a une bonne clientèle.

— Au premier étage à gauche, François Vignon...

— On n'a plus le droit de s'appeler Vignon ?

— Qui est-ce ?

— Il est dans les assurances, marié, avec deux enfants. Le second n'a que quelques mois.

— A quelle heure quitte-t-il l'immeuble ?

— Vers huit heures et demie.

— Dans l'appartement de droite, Justin Lavancher.

— Contrôleur du métro. Il prend son service à six heures du matin et me réveille en passant devant la loge dès cinq heures et demie. Un grincheux qui souffre du foie. Sa femme est une pimbêche et ils feraient mieux l'un comme l'autre de surveiller leur fille qui a à peine seize ans.

Second étage à gauche : Mabel Tuppler, une Américaine d'une trentaine d'années, vivant seule, écrivant des articles pour les journaux et les magazines de son pays.

— Non. Elle ne reçoit pas d'hommes. Les hommes la laissent indifférente. Je n'en dirai pas autant des femmes.

Au même étage, à droite, des rentiers ayant passé la soixantaine, les Maupois, autrefois dans la chaussure, et leur bonne Yolande, logée dans les mansardes. Trois ou quatre fois l'an, les Maupois s'offrent un voyage à Venise, à Barcelone, à Florence, à Naples, en Grèce ou ailleurs.

— Que font-ils de leurs journées ?

— M. Maupois sort vers onze heures pour aller boire son apéritif, toujours tiré à quatre épingles. L'après-midi, après sa sieste, il accompagne sa femme en promenade ou dans les magasins. S'ils n'étaient pas aussi pingres...

Troisième étage. D'un côté, un certain Jean Destouches, professeur de culture physique dans un gymnase de la porte Maillot. Quitte la maison à huit heures du matin, laissant souvent dans son lit sa compagne d'un soir ou d'une semaine.

— Je n'ai jamais vu un pareil défilé. Comment peut-on faire du sport en se couchant presque chaque nuit vers les deux heures ?

— Destouches et Aline Bauche se connaissent ?

— Je ne les ai jamais vus ensemble.

— Il était ici avant qu'elle ne devienne la propriétaire de l'immeuble ?

— Il ne s'est installé dans la maison que l'année dernière.

— Vous n'avez jamais vu Mlle Bauche s'arrêter à son étage, entrer ou sortir de chez lui ?

— Non.

A droite, Gino Massoletti, concessionnaire en France d'une marque italienne d'automobiles. Marié à une très jolie femme.

— A qui je ne donnerais pas le Bon Dieu sans confession, ajoutait la grinçante concierge. Quant à leur bonne, qui couche dans les mansardes comme celle des Lavancher, elle est aussi chaude qu'une chatte au printemps et, trois fois par semaine au moins, je dois lui donner le cordon aux petites heures.

Quatrième étage : Palmari, feu Palmari plutôt, à gauche, et Aline.

Sur le même palier, les Barillard.

69

— Que fait ce Fernand Barillard ?

— Voyageur de commerce. Il représente une maison d'emballages de luxe, des boîtes à chocolats, des cornets de dragées, des boîtes pour des flacons de parfum. Au Nouvel An, il me donne en guise de denier à Dieu un flacon de parfum et des marrons glacés qui ne lui coûtent rien.

— Quel âge ? Marié ?

— Quarante ou quarante-cinq ans. Une assez jolie femme, bien en chair, qui rit toujours, une Belge très blonde. Elle chante toute la journée.

— Ils ont une domestique ?

— Non. Elle fait son ménage, son marché, ses courses et, chaque après-midi, elle va goûter dans un salon de thé.

— Amie d'Aline Bauche ?

— Je ne les ai jamais vues ensemble.

Au cinquième, Tony Pasquier, second barman au Claridge, sa femme et deux enfants âgés de huit et onze ans. Une bonne à tout faire espagnole, logée sous les toits comme les trois autres domestiques de la maison.

Dans l'appartement de droite, un Anglais, James Stuart, célibataire, ne sortant qu'après cinq heures de l'après-midi et ne rentrant qu'au petit jour. Sans profession. Femme de ménage en fin d'après-midi. Fréquents séjours à Cannes, Monte-Carlo, Deauville, Biarritz et, en hiver, dans les stations suisses.

— Pas de rapports avec Aline Bauche ?

— Pourquoi voudriez-vous que toute la maison ait des rapports avec elle ? Et d'abord qu'entendez-vous par des rapports ? Vous

vous imaginez qu'ils couchent ensemble ? Il n'y a même pas un locataire à savoir qu'elle est propriétaire de l'immeuble.

A tout hasard, Maigret n'en marqua pas moins d'une croix le nom de l'Anglais, non parce qu'il le rattachait à l'affaire en cours, mais parce qu'il pouvait être un éventuel client de la P.J. Du service des jeux, par exemple.

Restait le sixième étage, c'est-à-dire les mansardes. Les quatre domestiques, dans l'ordre, en commençant par la droite : Yolande, la bonne des Maupois, les rentiers du second étage ; la bonne espagnole des Massoletti, celle des Lavancher et enfin la domestique de Tony le barman.

— Ce Stuart est depuis longtemps dans la maison ?

— Deux ans. Il a succédé à un marchand de tapis arménien dont il a racheté le mobilier et les fournitures.

Une autre locataire des mansardes : Mlle Fay, qu'on appelait Mlle Josette, une vieille fille qui était la plus ancienne locataire de l'immeuble. Elle avait quatre-vingt-deux ans et faisait encore son marché et son ménage elle-même.

— Sa chambre est pleine de cages d'oiseaux qu'elle pose tour à tour sur l'appui de la fenêtre. Elle a au moins dix canaris.

Une chambre vide, puis celle de Jef Claes.

— Qui est-ce ?

— Un vieux sourd-muet solitaire. En 1940, il fuyait la Belgique avec ses deux filles mariées et ses petits-enfants. Comme ils

71

attendaient, dans le Nord, à Douai, je crois, un train de réfugiés qui devait les embarquer, la gare a été bombardée et il y a eu plus de cent tués.

» Il n'est à peu près rien resté des filles et des petits-enfants. Le vieux, lui, a été atteint à la tête et au visage.

» Un de ses gendres est mort en Allemagne ; l'autre s'est remarié en Amérique.

» Il vit seul, ne sortant que pour acheter de quoi manger.

Les petits pois étaient écossés depuis long-temps.

— Maintenant, j'espère que vous allez me laisser en paix. Je voudrais seulement savoir quand on ramènera le corps et quel jour aura lieu l'enterrement. Je dois faire une collecte pour la couronne des locataires.

— Rien ne peut encore être fixé.

— Voilà quelqu'un qui a l'air de vous cher-cher...

C'était Lucas, qui pénétrait dans la maison et s'arrêtait devant la loge.

— La police, moi, je la flaire à dix mètres !

Maigret sourit.

— Merci !

— Si j'ai répondu à vos questions, c'est bien parce que j'y suis obligée. Mais je ne suis pas une moucharde et, si chacun s'occupait de ses affaires...

Comme pour purifier la loge des miasmes que Maigret aurait pu y avoir laissés, elle alla ouvrir la fenêtre qui donnait sur la cour.

— Qu'est-ce qu'on fait, patron ? question-nait Lucas.

— On monte. Quatrième étage à gauche.
Janvier doit rêver d'un verre de bière fraîche.
A moins qu'Aline ne se soit humanisée et ne
lui ait offert une des bouteilles que j'ai aper-
çues ce matin dans le réfrigérateur.

Quand Maigret sonna à la porte de l'appartement, le Janvier qui vint ouvrir avait une
expression bizarre. Le commissaire en eut
l'explication en pénétrant dans le salon. Aline
en sortait par l'autre porte, celle de la
chambre à coucher ; au lieu de sa robe bleu
clair du matin, elle portait un négligé en soie
orange. Sur un guéridon, deux verres, dont un
à demi plein, des bouteilles de bière et des
cartes à jouer qui venaient d'être distribuées.

— Vous savez, patron, ce n'est pas ce que
vous pourriez croire, se défendait gauchement l'inspecteur.

Les yeux de Maigret riaient. Il comptait
négligemment les donnes.

— Belote ?

— Oui. Je vais vous expliquer. Quand vous
êtes parti, j'ai insisté pour qu'elle mange un
morceau. Elle n'a rien voulu entendre et s'est
enfermée dans la chambre.

— Elle n'a pas cherché à téléphoner ?

— Non. Elle est restée couchée pendant
trois quarts d'heure environ et elle a réapparu
en peignoir, nerveuse, avec un regard de
quelqu'un qui a en vain essayé de dormir.

» — En somme, inspecteur, j'ai beau être
chez moi, je n'en suis pas moins prisonnière,

m'a-t-elle lancé. Qu'arriverait-il si je me mettais en tête de sortir ?

» J'ai cru bien faire en répondant :

» — Je ne vous en empêcherais pas, mais un inspecteur vous suivrait.

» — Vous comptez rester toute la nuit ?

» — Pas moi. Un de mes collègues.

» — Vous jouez aux cartes ?

» — Cela m'arrive.

» — Si on faisait une belote pour tuer le temps ? Cela m'aidera à ne pas penser.

— Au fait, dit Maigret à Lucas, tu devrais téléphoner au Quai pour qu'un de nos hommes vienne prendre la planque devant la maison. Quelqu'un qui ne risque pas de se laisser semer.

— Bonfils est là. C'est le meilleur pour ce genre de travail.

— Qu'il prévienne sa femme qu'il ne rentrera pas de la nuit. Où est Lapointe ?

— Au bureau.

— Qu'il vienne m'attendre ici. Qu'il monte et reste avec toi jusqu'à ce que je revienne. Tu joues à la belote, Lucas ?

— Je me défends.

— Aline te mettra à contribution à ton tour.

Il frappa à la porte de la chambre qui s'ouvrit aussitôt. Aline devait écouter.

— Excusez-moi de vous déranger.

— Vous êtes chez vous, n'est-ce pas ? C'est le cas de le dire !

— Je désire simplement me mettre à votre disposition pour le cas où vous auriez une ou plusieurs personnes à mettre au courant. Les journaux ne parleront de rien avant demain au plus tôt. Voulez-vous, par exemple, que j'avertisse le gérant du Clou Doré de ce qui s'est passé ? Le notaire, peut-être, ou quelqu'un de la famille ?

— Manuel n'avait plus de famille.

— Et vous ?

— Elle ne se soucie pas plus de moi que je ne me soucie d'elle.

— Si elle vous savait propriétaire d'un immeuble comme celui-ci, elle serait vite à Paris, ne croyez-vous pas ?

Elle marquait le coup mais elle ne protestait pas, ne posait aucune question.

— Il sera temps demain d'appeler un représentant des pompes funèbres, car il est encore impossible de prévoir quand le corps vous sera rendu. Vous désirez qu'on le ramène ici ?

— C'est ici qu'il vivait, non ?

— Je vous conseille de manger. Je vous laisse l'inspecteur Lucas, que vous connaissez. Si vous avez quoi que ce soit à me dire, je suis dans la maison pour un certain temps.

Cette fois, le regard de la jeune femme se fit plus aigu.

— Dans la maison ?

— L'envie m'est venue de faire la connaissance des locataires.

Elle le suivit des yeux tandis qu'il renvoyait Janvier chez lui.

— Toi, Lucas, je te ferai remplacer vers huit ou neuf heures du soir.

— J'avais chargé Janin de venir, mais j'aime mieux rester, patron. Si seulement on pouvait me monter des sandwiches.

— Et de la bière...

Lucas désigna les bouteilles vides.

— A moins qu'il n'en reste dans le réfrigérateur.

Pendant près de deux heures, Maigret par-
courut la maison de long en large, de bas en
haut, aimable et patient, avec l'obstination
d'un spécialiste du porte-à-porte.

Les noms notés chez la concierge cessaient
au fur et à mesure d'être des abstractions,
devenaient des silhouettes, des visages, des
yeux, des voix, des attitudes, des êtres
humains.

La pédicure du rez-de-chaussée aurait aussi
bien pu être tireuse de cartes, avec son visage
très pâle mangé par des yeux noirs presque
hypnotiques.

— Pourquoi la police ? Je n'ai rien fait de
mal dans ma vie. Demandez à ma clientèle,
que je soigne depuis neuf ans.

— Quelqu'un est mort dans la maison.

— J'ai vu qu'on emportait un corps, mais
j'étais occupée. Qui est-ce ?

— M. Palmari.

— Je ne le connais pas. A quel étage ?

— Au quatrième.

— J'en ai entendu parler. Il a une bien jolie
femme, un peu maniérée. Lui, je ne l'ai jamais
vu. Il était jeune ?

Chabaud, celui de la télévision, était absent.
Le contrôleur du métro n'était pas rentré
mais sa femme se trouvait dans l'appartement
avec une amie, installées devant des petits
fours et des tasses de chocolat.

— Que voulez-vous que je vous dise ? Je ne
sais même pas qui habite au-dessus de notre

76

tête. Si cet homme ne quittait pas son appartement, il n'est pas étonnant que je ne l'aie pas rencontré dans l'escalier. Quant à mon mari, il n'est jamais monté plus haut que notre étage. Que serait-il allé faire là-haut ?

Encore une femme, en face, un bébé dans son berceau, une fillette au derrière nu, par terre, des biberons dans un stérilisateur.

A l'étage au-dessus, miss Tuppler tapait à la machine. Elle était grande, bâtie en force et, à cause de la chaleur, elle ne portait qu'un pyjama dont la veste était ouverte sur sa poitrine. Elle n'éprouva pas le besoin de se boutonner.

— Un meurtre dans la maison ? *How exciting* ! Vous avez arrêté le... comment vous dites ?... le assassin ?... Et votre nom être Maigret ?... Le Maigret de la quai des Orfèvres ?...

Elle se dirigeait vers la bouteille de bourbon qui se trouvait sur une table.

— Vous trinquer, comme disent les Français ?

Il trinqua, écouta son charabia pendant une dizaine de minutes, se demandant si elle ne finirait pas par cacher ses seins.

— Le Clou Doré ?... Non... Pas été... Mais, aux States, presque tous les night-clubs appartenir aux gangsters... Palmari être un gangster ?...

C'était une sorte de Paris condensé que le commissaire parcourait de la sorte, avec, d'un étage à l'autre, les mêmes oppositions que l'on trouve entre les quartiers et entre les rues.

Chez l'Américaine régnait la bohème désordonnée. Chez les rentiers d'en face, tout était feutré, d'une douceur de confitures, et l'odeur était celle des bonbons et des confitures. Un homme aux cheveux blancs dormait dans un fauteuil, un journal sur les genoux.

— Ne parlez pas trop fort. Il déteste être éveillé en sursaut. Vous venez pour une œuvre de charité ?

— Non. Je suis de la police.

Cela paraissait émerveiller la vieille dame.

— Vraiment ! De la police ! Dans cette maison si tranquille ! Ne me dites pas qu'un locataire a été cambriolé ?

Elle souriait, le visage doux et bon comme celui d'une sœur de Saint-Vincent-de-Paul sous la cornette.

— Un crime ? C'est pour cela qu'il y a eu tant d'allées et venues ce matin ? Non, monsieur, je ne connais personne, sauf la concierge.

Le professeur de culture physique, au troisième, n'était pas chez lui non plus, mais une jeune femme aux yeux brouillés de sommeil vint ouvrir, le corps enveloppé d'une couverture.

— Vous dites ? Non. J'ignore quand il rentrera. C'est la première fois que je viens.

— Quand l'avez-vous rencontré ?

— Hier soir, ou plutôt ce matin puisqu'il était passé minuit. Dans un bar de la rue de Presbourg. Qu'est-ce qu'il a fait ? Il a l'air d'un si brave garçon.

Inutile d'insister. Elle parlait avec peine, car elle tenait une solide gueule de bois.

Chez les Massoletti, rien que la bonne, qui expliqua en mauvais français que sa patronne était allée rejoindre son mari au Fouquet's et qu'ils devaient dîner tous les deux en ville.

Le mobilier était moderne, plus clair et plus gai que dans les autres appartements. Une guitare traînait sur un divan.

A l'étage de Palmari, Fernand Barillard n'était pas rentré. Ce fut une femme d'une trentaine d'années, très blonde, bien en chair, qui ouvrit la porte en fredonnant.

— Tiens ! Je vous ai déjà croisé dans l'escalier, vous. Qu'est-ce que vous vendez ?

— Police Judiciaire.

— Vous enquêtez sur ce qui s'est passé ce matin ?

— Comment savez-vous qu'il s'est passé quelque chose ?

— Vos collègues ont fait assez de potin ! Il m'a suffi d'entrouvrir la porte pour entendre leurs commentaires. Entre parenthèses, ils ont une drôle de façon de parler d'un mort, en particulier ceux qui descendaient le corps en rigolant.

— Vous connaissiez Manuel Palmari ?

— Je ne l'ai jamais vu, mais il m'est arrivé de l'entendre rugir.

— Rugir ? Que voulez-vous dire ?

— Il ne devait pas être commode. Je le comprends, car la concierge m'a dit qu'il était infirme. Il prenait parfois de ces colères !...

— Contre Aline ?

— Elle s'appelle Aline ? Curieuse personne, en tout cas. Au début, quand je la croisais dans l'escalier, je lui adressais un bonjour de la tête, mais elle me regardait comme en

transparence. Quel genre de femme est-ce ?
Ils étaient mariés ? C'est elle qui l'a tué ?

— A quelle heure votre mari prend-il son
travail ?

— Cela dépend. Il n'a pas d'heures fixes
comme un employé de bureau.

— Il rentre déjeuner ?

— Rarement, car il se trouve la plupart du
temps dans un quartier éloigné ou en banlieue. Il est représentant de commerce.

— Je sais. Quand est-il parti ce matin ?

— Je ne sais pas, car je suis allée très tôt
faire mon marché.

— Qu'appelez-vous très tôt ?

— Vers huit heures. Quand je suis rentrée,
à neuf heures et demie, il n'était plus ici.

— Vous n'avez pas rencontré votre voisine
dans les boutiques ?

— Non. Nous n'avons sans doute pas les
mêmes fournisseurs.

— Il y a longtemps que vous êtes mariée ?

— Huit ans.

Des douzaines et des douzaines de questions, autant de réponses qui s'enregistraient
dans la mémoire de Maigret. Dans le tas,
quelques-unes, voire une seule, prendraient
peut-être un sens à un moment donné.

Le barman était chez lui, car il ne reprenait
son service qu'à six heures. La bonne et les
deux enfants se tenaient dans la première
pièce transformée en salle de jeux. Un gamin
tira sur le commissaire en criant :

— Pan ! Pan ! Vous êtes mort !

Tony Pasquier, qui avait le poil dur et serré,
se rasait pour la seconde fois de la journée.

Sa femme recousait un bouton à un pantalon d'enfant.

— Quel nom dites-vous ? Palmari ? Je devrais le connaître ?

— C'est votre voisin du dessous, ou plutôt c'était, ce matin encore, votre voisin du dessous.

— Est-ce qu'il ne lui est pas arrivé quelque chose ? J'ai croisé des agents dans l'escalier et, quand je suis rentré, à deux heures et demie, ma femme m'a dit qu'on avait emporté un corps.

— Vous n'êtes jamais allé au Clou Doré ?

— Pas personnellement, mais il m'est arrivé d'y envoyer des clients.

— Pourquoi ?

— Certains nous demandent où manger dans tel ou tel quartier. Le Clou Doré a bonne réputation. J'ai connu jadis le maître d'hôtel, Pernelle, qui a travaillé au Claridge. Il connaît son métier.

— Vous ignorez le nom du propriétaire de la boîte ?

— Je ne m'en suis jamais informé.

— Et la femme, Aline Bauche, vous ne l'avez pas rencontrée ?

— La fille aux cheveux noirs et aux robes collantes qu'il m'est arrivé de croiser dans l'escalier ?

— C'est votre propriétaire.

— Première nouvelle. Je ne lui ai jamais adressé la parole. Et toi, Lulu ?

— Je déteste son genre.

— Vous voyez, monsieur Maigret. Pas

grand-chose pour vous. Peut-être qu'à une autre occasion vous serez plus chanceux.

L'Anglais était absent. Au sixième étage, le commissaire découvrit un long couloir éclairé seulement par une lucarne dans le toit. Du côté cour, un immense grenier où les locataires rangeaient pêle-mêle de vieilles malles, des mannequins de couturière, des caisses, tout un bric-à-brac de foire aux puces.

Côté façade, des portes s'alignaient, comme dans une caserne. Il commença par celle du fond, celle de Yolande, la bonne des rentiers du second. Elle était ouverte et il aperçut une chemise de nuit transparente sur un lit défait, des sandales sur la carpette.

La porte suivante, celle d'Amélia, d'après le plan que Maigret avait dressé dans son carnet, était fermée. La suivante aussi.

Quand il frappa à la quatrième, une voix faible le pria d'entrer et, à travers des cages d'oiseaux qui encombraient la pièce, il aperçut, près de la fenêtre, dans un fauteuil Voltaire, une vieille femme à face lunaire.

Il faillit se retirer, la laisser à sa rêverie. Elle n'avait pratiquement plus d'âge, ne tenait plus à ce monde que par un fil ténu et regardait l'intrus avec une sérénité souriante.

— Entrez, mon bon monsieur. N'ayez pas peur de mes oiseaux.

On ne lui avait pas annoncé qu'outre les canaris, un énorme perroquet vivait en liberté, perché au milieu de la pièce sur une balançoire. L'oiseau se mit à crier :

— Coco !... Gentil Coco !... Tu as faim, Coco ?...

Il expliqua qu'il était de la police, qu'un crime avait été commis dans la maison.

— Je sais, mon bon monsieur. La concierge me l'a dit quand je suis allée faire mes courses. Si ce n'est pas malheureux de s'entre-tuer quand la vie est si courte ! C'est comme les guerres. Mon père a fait celle de 70 et celle de 1914. Moi aussi, j'en ai traversé deux.

— Vous ne connaissiez pas M. Palmari ?

— Ni lui, ni personne, en dehors de la concierge, qui n'est pas si mauvaise qu'on pourrait le penser. Elle a eu bien des malheurs, la pauvre femme. Son mari était coureur et, par-dessus le marché, il buvait.

— Vous n'avez entendu aucun locataire monter à cet étage ?

— Cela arrive de temps en temps, des gens qui viennent prendre ou ranger quelque chose dans le grenier. Mais, avec ma fenêtre tou-jours ouverte et mes oiseaux qui chantent, vous savez...

— Vous fréquentez votre voisin ?

— M. Jef ? On pourrait croire que nous sommes du même âge. En réalité, il est beau-coup plus jeune que moi. Il doit à peine avoir dépassé la septantaine. C'est à cause de ses blessures qu'il paraît plus vieux. Vous le connaissez aussi ? Il est sourd-muet et je me demande si ce n'est pas plus pénible que d'être aveugle.

» On prétend que les aveugles sont plus gais que les sourds. Je le saurai bientôt, car ma vue baisse chaque jour, et je ne pourrais pas dire comment est votre visage. Je n'en distingue qu'une tache claire et des ombres. Vous ne voulez pas vous asseoir ?

Le vieux, enfin, qui à l'arrivée de Maigret lisait un journal pour enfants, avec des bandes dessinées. Sa face était couturée et une des cicatrices relevait un des coins de la bouche, ce qui lui donnait l'air de sourire perpétuellement.

Il portait des lunettes bleues. Au milieu de la pièce, une grande table de bois blanc était couverte de bricoles, d'objets inattendus, un Meccano de jeune garçon, des bouts de bois taillés, d'anciens magazines, de la terre glaise dont le vieillard avait fait un animal difficile à identifier.

Le lit de fer ressemblait à un lit de caserne, comme la couverture rêche, et sur les murs blanchis à la chaux étaient fixés des chromos représentant des villes ensoleillées : Nice, Naples, Istanbul... Par terre, encore des piles de magazines.

Avec ses mains qui ne tremblaient pas en dépit de son âge, l'homme s'efforçait d'expliquer qu'il était sourd et muet, qu'il ne pouvait rien dire, et Maigret à son tour lui adressait un signe d'impuissance. Alors, son interlocuteur lui faisait comprendre qu'il était capable de lire les mots sur ses lèvres.

— Je vous demande pardon de vous déranger. J'appartiens à la police. Connaîtriez-vous par hasard un locataire nommé Palmari ?

Maigret désignait le plancher de la main pour signifier que Palmari habitait en dessous, montrait deux doigts afin de préciser le nombre d'étages. Le vieux Jef hochait la tête et le commissaire lui parlait d'Aline.

Autant qu'il pouvait comprendre, le vieillard l'avait rencontrée dans l'escalier. Il la décrivait d'une façon cocasse, sculptant en quelque sorte dans le vide son visage étroit, sa silhouette onduleuse et mince.

Quand il se retrouva au quatrième, Maigret avait l'impression d'avoir visité tout un univers. Il se sentait plus lourd, un peu mélancolique. La mort de Manuel, dans son fauteuil d'infirme, n'avait causé que de tout petits remous, et certains, qui n'étaient séparés de lui, depuis des années, que par une cloison, un plancher ou un plafond, ne savaient même pas qui avait été emporté sous une bâche.

Lucas ne jouait pas aux cartes. Aline n'était pas dans le salon.

— Je crois qu'elle dort.

Le jeune Lapointe était là, tout heureux de travailler avec le patron.

— J'ai pris une voiture. Ai-je bien fait ?

— Il reste de la bière, Lucas ?

— Deux bouteilles.

— Ouvre-m'en une et je t'en ferai livrer une demi-douzaine.

Il était six heures. Des bouchons commençaient à se former dans Paris et un automobiliste impatient klaxonnait, malgré les règlements, sous les fenêtres de l'immeuble.

## 4

Le Clou Doré, rue Fontaine, était flanqué d'un côté par une boîte à strip-tease de troisième ordre, de l'autre par une boutique de lingerie spécialisée dans les dessous féminins de haute fantaisie que les étrangers emportaient chez eux comme souvenir du Gai-Paris.

Maigret et Lapointe, qui avaient laissé la voiture de la P.J. rue Chaptal, remontaient lentement la rue où, au petit peuple de la journée, commençaient à se mêler les silhouettes très différentes du monde de la nuit.

Il était sept heures. Le gorille maison, que tout le monde appelait Jo les Gros Bras, n'était pas encore à son poste, dans son uniforme bleu à passementerie dorée, sur le seuil du restaurant.

Maigret, qui le cherchait des yeux, le connaissait bien. Il avait l'air d'un ancien boxeur de foire encore qu'il n'eût jamais enfilé de gants de six ou de huit onces et, âgé d'une quarantaine d'années, il avait passé la moitié de sa vie à l'ombre, d'abord, comme mineur, en maison de redressement, puis en prison, par tranches de six mois à deux ans, pour des vols stupides ou pour coups et blessures.

Son intelligence était celle d'un enfant de dix ans et, devant une situation imprévue, son regard devenait flou, presque suppliant, comme celui d'un écolier que l'instituteur questionne sur un sujet qu'il n'a pas appris.

On allait le retrouver à l'intérieur, sans sa livrée, occupé à passer un torchon sur les banquettes de cuir fauve et, dès qu'il reconnut le commissaire, son visage eut à peu près autant d'expression qu'une tête de bois.

Les deux garçons s'affairaient à la mise en place, posant sur les nappes assiettes au chiffre de la maison, verres et argenterie, et, au milieu de chaque table, deux fleurs dans une flûte de cristal.

Les lampes à abat-jour rose n'étaient pas allumées, car le soleil dorait encore le trottoir d'en face.

Le barman, Justin, en chemise blanche et cravate noire, donnait un dernier coup de chiffon à ses verres et, seul client, un gros homme au visage rouge, assis sur un haut tabouret, buvait une menthe verte.

Maigret l'avait vu quelque part. C'était un visage familier, mais il ne le situait pas tout de suite. L'avait-il rencontré aux courses, ici même, ou dans son bureau du Quai des Orfèvres ?

Montmartre était plein de gens qui avaient eu affaire à lui, parfois des années plus tôt, et qui disparaissaient pour un temps plus ou moins long, soit pour une cure à Fontevrault ou à Melun, soit pour se perdre dans la nature en attendant qu'on les oublie.

— Bonsoir, monsieur le commissaire. Bonsoir, inspecteur, disait Justin avec désinvolture. Si c'est pour dîner, vous êtes un peu tôt. Qu'est-ce que je vous sers ?

— Bière.

— Hollandaise, danoise, allemande ?

Le patron sortait sans bruit de l'arrière-salle, le cheveu rare, le visage pâle et quelque peu bouffi, des poches mauves sous les yeux.

Sans surprise ni émotion apparente, il s'avançait vers les policiers, tendait à Maigret une main molle, serrait ensuite celle de Lapointe avant de s'accouder au bar, sans toutefois s'asseoir. Il n'avait plus que son smoking à passer pour être prêt à recevoir les clients.

— Je m'attendais à vous voir aujourd'hui. J'étais même surpris que vous ne veniez pas plus tôt. Qu'est-ce que vous dites de ça ?

Il paraissait tourmenté ou en proie à la tristesse.

— Ce que je dis de quoi ?

— Quelqu'un a quand même fini par l'avoir. Vous avez une petite idée sur celui qui a fait le coup ?

Ainsi, bien que la presse n'eût pas parlé de la mort de Manuel, bien qu'Aline fût restée toute la journée sous surveillance et qu'elle n'eût donné aucun coup de téléphone, on connaissait la nouvelle au Clou Doré.

Si un policier du quartier des Ternes avait parlé, c'est un reporter qu'il aurait mis dans la confidence. Quant aux locataires de la maison, ils ne paraissaient avoir aucune connexion avec le milieu de Montmartre.

— Depuis quelle heure êtes-vous au courant, Jean-Loup ?

Car le gérant, qui faisait aussi les fonctions de maître d'hôtel, se prénommait Jean-Loup. La police n'avait rien à lui reprocher. Originaire de l'Allier, il avait débuté comme garçon à Vichy. Marié jeune, père de famille, son fils étudiait à la Faculté de médecine et une de ses filles s'était mariée au propriétaire d'un restaurant des Champs-Elysées. Il menait une vie bourgeoise, dans la villa qu'il avait fait construire à Choisy-le-Roi.

— Je ne sais pas, répondit-il avec étonnement. Pourquoi me demandez-vous ça ? Je suppose que tout le monde est au courant ?

— Les journaux n'ont pas parlé du crime. Essayez de vous souvenir. Saviez-vous quelque chose à l'heure du déjeuner ?

— Il me semble, oui. Les clients nous parlent de tant de choses ! Tu te souviens, toi, Justin ?

— Non. On en a parlé au bar aussi.

— Qui ?

Maigret se heurtait à la règle du silence. Même si Pernelle, le gérant, n'appartenait pas au milieu et menait la vie la plus rangée qui soit, il n'en était pas moins lié au secret par une partie de la clientèle.

Le Clou Doré n'était plus le bar de jadis, où on ne rencontrait guère que des truands sur lesquels Palmari, qui tenait alors la boîte, ne se faisait pas trop tirer l'oreille pour donner des tuyaux au commissaire.

Le restaurant avait acquis une clientèle cossue. Il y venait bon nombre d'étrangers, des jolies filles aussi, vers dix ou onze heures du soir, car on servait à dîner jusqu'à minuit. Quelques caïds avaient gardé leurs habitudes, mais ce n'étaient plus des jeunets prêts à n'importe quel mauvais coup. Ils avaient pignon sur rue, la plupart femmes et enfants.

— J'aimerais savoir qui vous en a parlé le premier à tous les deux.

Et Maigret allait à la pêche, selon son expression.

— Ce ne serait pas un certain Massoletti ?

Il avait eu le temps d'enregistrer le nom de tous les locataires de l'immeuble de la rue des Acacias.

— Qu'est-ce qu'il fait ?

— Dans les automobiles... Les automobiles italiennes...

— Connais pas. Et toi, Justin ?

— La première fois que j'entends ce nom-là.

On les sentait sincères tous les deux.

— Vignon ?

Aucune lueur dans leurs yeux. Ils hochaient la tête.

— Un professeur de culture physique nommé Destouches ?

— Inconnu dans les parages.

— Tony Pasquier ?

— Je le connais, intervint Justin.

— Moi aussi, renchérit Pernelle. Il lui arrive de m'envoyer des clients. Il est second barman au Claridge, n'est-ce pas ? Il y a des mois que je ne l'ai vu.

— Il n'a pas téléphoné aujourd'hui ?

— Il ne téléphone que pour recommander spécialement un client.

— Ce ne serait pas votre gorille qui vous aurait appris la nouvelle ?

Celui-ci, qui avait entendu, cracha par terre en feignant le dégoût et en grommelant entre ses dents artificielles :

— Si c'est pas malheureux.

— James Stuart, un Anglais ? Non plus ? Fernand Barillard ?

A chaque nom les deux hommes faisaient mine de chercher et hochaient la tête une fois de plus.

— Qui, d'après vous, avait intérêt à supprimer Palmari ?

— Ce n'est pas la première fois qu'on s'en prend à lui.

— Seulement, les deux hommes qui l'ont arrosé à la mitraillette ont été descendus. Et Palmari ne sortait plus de son appartement. Dites-moi, Pernelle. Depuis quand le Clou Doré a-t-il changé de mains ?

Une légère rougeur sur le visage pâle du patron.

— Cinq jours.

— Et qui est l'actuel propriétaire ?

Il n'hésita qu'un instant. Il comprenait que Maigret était au courant et qu'il ne servait à rien de mentir.

— Moi.

— A qui avez-vous racheté la boîte ?

— A Aline, bien entendu.

— Depuis quand Aline était-elle la vraie patronne ?

— Je ne me souviens pas de la date. Cela fait plus de deux ans.

— L'acte de vente a été passé devant notaire ?

— Tout ce qu'il y a de plus régulièrement.

— Quel notaire ?

— Maître Desgrières, boulevard Pereire.

— Le prix ?

— Deux cent mille.

— Francs nouveaux, je suppose ?

— Bien sûr.

— Payés cash ?

— En espèces. Même qu'il a fallu un certain temps pour compter les billets.

— Aline les a emportés dans une serviette ou dans une valise ?

— Je ne sais pas. Je suis parti le premier.

— Saviez-vous que l'immeuble de la rue des Acacias appartient aussi à la maîtresse de feu Manuel ?

Les deux hommes étaient de plus en plus mal à l'aise.

— Il y a toujours des bruits qui courent. Voyez-vous, monsieur le commissaire, je suis un honnête homme, comme Justin. Nous avons tous les deux de la famille. Parce que le restaurant se trouve à Montmartre, on trouve toutes sortes de gens dans notre clientèle. La loi ne nous permet d'ailleurs pas de les mettre à la porte, à moins qu'ils ne soient complètement ivres, ce qui est rarement le cas.

» On entend raconter des histoires, mais on préfère les oublier. Pas vrai, Justin ?

— Exactement.

— Je me demande, murmura alors le commissaire, si Aline avait un amant.

Ils ne bronchèrent ni l'un ni l'autre, ne dirent ni oui ni non, ce qui surprit quelque peu Maigret.

— Elle ne rencontrait jamais d'hommes ici ?

— Elle ne s'arrêtait même pas au bar. Elle venait droit dans mon bureau de l'entresol et vérifiait les comptes comme une femme d'affaires avant d'emporter la part qui lui était due.

— Cela ne vous surprend pas qu'un homme comme Palmari ait, semble-t-il, transféré à son nom la totalité ou une bonne partie de ce qu'il possédait ?

— Beaucoup de commerçants et d'hommes d'affaires, en prévision d'une saisie possible, mettent leurs biens au nom de leur femme.

— Palmari n'était pas marié, objecta Maigret. Et il y avait trente-cinq ans d'âge entre eux.

— J'y ai pensé aussi. Voyez-vous, je crois que Manuel était vraiment pincé. Il avait en Aline une confiance absolue. Il l'aimait. Je jurerais qu'il n'avait jamais aimé avant de la rencontrer. Il se sentait amoindri, dans son fauteuil d'infirme. Plus que jamais, elle est devenue sa vie, le seul être à le rattacher au monde extérieur.

— Et elle ?

— Pour autant que j'en puisse juger, elle l'aimait aussi. Cela arrive à des filles comme elle aussi. Avant de le connaître, elle n'avait rencontré que des hommes qui prenaient leur plaisir sans la considérer comme une personne humaine, vous comprenez ? Les Aline sont plus sensibles que les honnêtes femmes à l'attention qu'on leur porte, à l'affection, à la perspective d'une vie tranquille.

Le gros homme rougeaud, à l'autre bout du comptoir, commandait une nouvelle menthe.

— Tout de suite, monsieur Louis.

Et Maigret, à voix basse :

— Qui est ce M. Louis ?

— Un client. Je ne connais pas son nom mais il vient assez souvent boire une ou deux menthes à l'eau. Je suppose qu'il est du quartier.

— Il était ici à l'apéritif de midi ?

— Il était ici, Justin ? répéta à mi-voix Pernelle.

— Attendez. Je crois que oui. Il m'a demandé si je n'avais pas un tuyau pour je ne sais plus quelle course.

M. Louis s'épongeait et regardait son verre d'un œil morne.

Maigret tira son calepin de sa poche, écrivit quelques mots qu'il donna à lire à Lapointe :

*Suis-le s'il sort. Rendez-vous ici. Si je n'y suis plus, téléphone chez moi.*

— Dites-moi Pernelle, tant que vous n'êtes pas encore trop occupé, cela vous ennuierait que nous montions un instant à l'entresol ?

C'était une invitation qu'un patron de restaurant ne peut guère refuser.

— Par ici...

Il avait les pieds plats et marchait en canard, comme la plupart des maîtres d'hôtel d'un certain âge. L'escalier était étroit et sombre. On n'y retrouvait rien du luxe et du confort du restaurant. Pernelle tira de sa poche un trousseau de clefs, ouvrit une porte peinte en brun et ils se trouvèrent tous les deux dans une petite pièce qui donnait sur la cour.

Le bureau à cylindre était encombré de factures, de prospectus, de deux téléphones, de plumes, de crayons et de papiers à en-tête. Sur des rayonnages en bois blanc des cartons verts s'alignaient et, sur le mur d'en face, on voyait les photographies encadrées de Mme Pernelle, plus jeune de vingt ou de trente ans, d'un garçon d'une vingtaine d'années et d'une jeune fille qui penchait rêveusement la tête, le menton dans la main.

— Asseyez-vous, Pernelle, et écoutez-moi bien. Si nous jouions franc jeu tous les deux ?

— J'ai toujours joué franc jeu.

— Vous savez que non, que vous ne pouvez pas vous le permettre, sinon vous ne seriez pas propriétaire du Clou Doré. Pour vous mettre à l'aise, je vais vous faire une révélation qui est maintenant sans conséquences pour l'intéressé.

» Quand Manuel a acheté ce qui n'était encore qu'un bistrot, voilà vingt ans, je venais parfois y boire un verre dans la matinée, à l'heure où j'étais à peu près sûr de le trouver seul.

» Il lui arrivait aussi de me passer un coup de téléphone ou de me rendre une visite discrète au Quai des Orfèvres.

— Un indic ? murmurait le patron sans trop de surprise.

— Vous vous en êtes douté ?

— Je ne sais pas. Peut-être. Je suppose que c'est la raison pour laquelle on lui a tiré dessus il y a trois ans ?

— C'est possible. Seulement, Manuel était un malin et si, à l'occasion, il me fournissait des renseignements sur du menu fretin, il s'occupait de grosses affaires sur lesquelles il avait soin de ne pas souffler mot.

— Vous ne voulez pas que je fasse monter une bouteille de champagne ?

— C'est à peu près la seule boisson qui ne me tente pas.

— De la bière ?

— Rien pour le moment.

Pernelle souffrait visiblement.

— Manuel était très fort, poursuivait Maigret sans cesser de fixer son interlocuteur dans les yeux. Si fort que je n'ai jamais pu découvrir une preuve contre lui. Il savait que je savais, tout au moins une bonne partie de la vérité. Il ne se donnait pas la peine de nier. Il me regardait tranquillement, avec un rien d'ironie, et, quand cela devenait indispensable, il me lâchait un de ses comparses.

— Je ne comprends pas.

— Si.

— Que voulez-vous dire ? Je n'ai jamais travaillé pour Manuel, sinon ici, de mon métier de maître d'hôtel, puis de gérant.

— Cependant, dès midi, vous saviez ce qui lui est arrivé. Comme vous l'avez dit, on entend beaucoup de choses au bar ou au restaurant. Que pensez-vous, Pernelle, des vols de bijoux ?

— Ce qu'on en dit dans les journaux : des jeunes qui se font la main et qui finissent tous par se faire prendre.

— Non.

— On parle d'un ancien qui se tiendrait à proximité, au moment des coups, pour parer à toute éventualité.

— Ensuite ?

— Rien. Je vous jure que je ne sais rien de plus.

— Eh bien ! je vais vous en dire davantage, persuadé que je ne vous apprendrai rien. Quel est le risque principal que courent les voleurs de bijoux ?

— De se faire épingler.

— Comment ?

— A la revente.

— Bon ! Vous commencez à y venir. Toutes les pierres d'une certaine valeur ont en quelque sorte leur état civil et sont connues des gens du métier. Dès qu'un vol est commis, le signalement des bijoux est envoyé, non seulement en France, mais dans les pays étrangers.

» Un receleur, si les voleurs en connaissent, ne donnera que dix ou quinze pour cent de la valeur du butin. Presque toujours, quand, un an ou deux plus tard, il mettra les pierres en circulation, la police les identifiera et remontera la filière. D'accord ?

— Je suppose que c'est ainsi. Vous avez plus d'expérience que moi.

— Or, depuis des années, des bijoux disparaissent périodiquement, à la suite de hold-up ou de bris de vitrines, sans que jamais on n'en retrouve la trace. Qu'est-ce que cela suppose ?

— Comment le saurais-je ?

— Allons, Pernelle. On ne fait pas votre métier pendant trente ou quarante ans sans être à la coule, même si on ne met pas la main à la pâte.

— Il n'y a pas si longtemps que je suis à Montmartre.

— La première précaution est, non seulement de dessertir les pierres, mais de les transformer, ce qui demande la complicité d'un tailleur de diamants. Vous en connaissez, vous ?

— Non.

— Peu de gens en connaissent, pour la bonne raison qu'ils sont peu nombreux, non seulement en France, mais dans le monde. On n'en compte pas plus d'une cinquantaine à Paris, plus ou moins groupés dans le quartier du Marais, aux environs de la rue des Francs-Bourgeois, et ils constituent un petit monde très fermé. En outre, les courtiers, les diamantaires et les grands bijoutiers qui leur confient du travail les ont à l'œil.

— Je n'y avais pas pensé.

— Sans blague !

On frappait à la porte. C'était le barman, qui tendit un bout de papier à Maigret.

— On vient d'apporter ça pour vous.

— Qui ?

— Le garçon du tabac du coin.

Lapointe avait écrit au crayon sur une feuille de carnet :

*Il est entré dans la cabine pour téléphoner. A travers la vitre, j'ai vu qu'il demandait Etoile 42.39. Pas sûr du dernier chiffre. Il est assis dans un coin et lit un journal. Je reste.*

— Vous permettez que je me serve d'un de vos appareils ? Au fait, pourquoi avez-vous deux lignes ?

— Je n'en ai qu'une. Le second appareil n'est relié qu'au restaurant.

— Allô ! Les renseignements ? Ici, commissaire Maigret, de la P.J. Je voudrais savoir, d'urgence, à quel abonné correspond le numéro Etoile 42.39. Le dernier chiffre est douteux. Soyez gentille de me rappeler ici.

— Maintenant, dit-il à Pernelle, je prendrai volontiers un verre de bière.


— Vous êtes sûr que vous n'en savez pas plus que vous ne me l'avez dit sur M. Louis ?

Pernelle hésitait, se rendant compte que l'affaire devenait sérieuse.

— Personnellement, je ne le connais pas. Je l'aperçois au bar. Il m'arrive de le servir en l'absence de Justin et d'échanger quelques mots avec lui sur le temps.

— Il n'est jamais accompagné ?

— Rarement. Je l'ai vu quelquefois avec des jeunots et je me suis même demandé s'il n'était pas pédéraste.

— Vous ne connaissez ni son nom de famille, ni son adresse ?

— Je l'ai toujours entendu appeler M. Louis avec un certain respect. Il doit habiter le quartier, car il n'arrive jamais en voiture...

Le téléphone sonnait. Maigret décrochait.

— Le commissaire Maigret ? J'ai, je crois, le renseignement que vous désirez, disait la préposée aux renseignements. Etoile 42.39 a suspendu son abonnement il y a six mois pour cause de départ à l'étranger. L'abonné dont le numéro est Etoile 42. 38 s'appelle Fernand Barillard et habite...

Le commissaire connaissait la suite. Le représentant en emballages de luxe qui habitait sur le même palier que Palmari !

— Je vous remercie, mademoiselle.

— Vous ne voulez pas les numéros précédents ?

— A tout hasard...

Noms et adresses lui étaient inconnus. Maigret se leva pesamment, engourdi par la chaleur et par une journée fatigante.

— Réfléchissez à ce que je vous ai dit, Pernelle. Maintenant que vous voilà à votre compte et à la tête d'une boîte qui marche, ce serait désolant d'avoir des ennuis, n'est-ce pas ? J'ai dans l'idée que je ne tarderai pas à vous revoir. Un conseil : ne parlez pas trop, par téléphone ou autrement, de l'entretien que nous venons d'avoir. Au fait, les emballages de luxe, cela ne vous dit rien ?

Le nouveau patron du Clou Doré le regarda avec une surprise qui n'était pas feinte.

— Je ne comprends pas.

— Certains cartonniers se spécialisent dans les boîtes de chocolats, les cornets de dragées, etc. Or, parmi ces « etc. », on peut classer les boîtes dont on se sert en bijouterie en place d'écrins.

Il descendait l'escalier sombre et mal-propre, traversait le restaurant où il y avait maintenant un couple dans un coin et quatre dîneurs éméchés autour d'une table.

Il remonta la rue jusqu'au bar-tabac, aper-çut Lapointe assis sagement devant un apéri-tif et, dans un angle, M. Louis qui lisait un journal du soir. Ils ne le virent ni l'un ni l'autre et quelques instants plus tard le commissaire montait en taxi.

— Rue des Acacias, au coin de la rue de l'Arc-de-Triomphe.

Le ciel tournait au rouge flamboyant, colo-rant les visages des passants. Il n'y avait pas un souffle d'air et Maigret sentait sa chemise lui coller au corps. Pendant le trajet, il parut somnoler, et peut-être somnola-t-il réellement puisque le chauffeur le fit sursauter en lan-çant :

— Nous y sommes, patron.

Il leva la tête pour regarder de bas en haut l'immeuble en briques claires, avec le tour des fenêtres en pierre blanche, qui avait dû être construit vers 1910. L'ascenseur le déposa au quatrième étage et il faillit, par habitude, son-ner à la porte de gauche.

Devant celle de droite, on le laissa attendre un certain temps et ce fut la femme blonde qu'il avait questionnée l'après-midi qui lui ouvrit enfin, la bouche pleine, sa serviette à la main.

— Encore vous ! remarqua-t-elle sans mauvaise humeur mais avec surprise. Nous sommes à table, mon mari et moi.

— J'aimerais lui dire quelques mots.

— Entrez.

Le salon ressemblait à celui d'en face, en moins luxueux, avec un tapis plus ordinaire. On entrait ensuite, non dans une sorte de cagibi comme chez Palmari, mais dans une salle à manger bourgeoise, aux meubles rustiques.

— C'est le commissaire Maigret, Fernand.

Un homme d'une quarantaine d'années, au visage coupé par une moustache brune, se levait, sa serviette à la main, lui aussi. Il avait retiré son veston, dénoué sa cravate, ouvert le col de sa chemise.

— Très honoré, murmurait-il en regardant tour à tour sa femme et le visiteur.

— Le commissaire est déjà venu cet après-midi. Je n'ai pas eu le temps de t'en parler. A cause du locataire qui est mort, il a fait le tour de la maison, sonnant à toutes les portes.

— Continuez de dîner, disait Maigret. J'ai tout le temps.

Sur la table, il y avait un rôti de veau et des nouilles aux tomates. Le couple reprit sa place non sans une certaine gêne tandis que le commissaire s'asseyait au bout de la table.

— Vous boirez bien un verre de vin ?

La carafe de vin blanc, qui venait de sortir du réfrigérateur, était embuée et Maigret ne résista pas. Il n'eut pas tort, car il s'agissait d'un petit vin de Sancerre à la fois sec et fruité qui n'avait sûrement pas été acheté dans une épicerie.

Il y eut un silence gênant quand les Barillard se remirent à manger sous l'œil vague de leur hôte.

— Tout ce que j'ai pu lui dire, c'est que nous ne connaissons pas ce Palmari. Pour ma part, je ne l'ai jamais vu et j'ignorais encore son nom ce matin. Quant à la femme...

Son mari était un bel homme, mince et musclé, qui devait avoir du succès auprès des femmes, et ses moustaches soulignaient des lèvres gourmandes, des dents impeccables qu'il découvrait au plus léger sourire.

— Tu les connais, toi ?

— Non. Mais laisse parler le commissaire. Je vous écoute, monsieur Maigret.

On sentait chez lui une ironie, une agressivité à fleur de peau. C'était le beau mâle sûr de lui, volontiers bagarreur, qui ne doutait ni de son charme ni de sa force.

— Finissez donc d'abord votre repas. Vous avez fait une importante tournée, aujourd'hui ?

— Le quartier des Lilas.

— En voiture ?

— Avec ma voiture, bien entendu. J'ai une Peugeot 404 dont je suis très content et qui fait sérieux. Dans mon métier, c'est ce qui compte.

— Je suppose que vous emportez une valise d'échantillons ?

— Comme mes collègues, évidemment.

— Lorsque vous aurez mangé votre fruit, je vous demanderai de me la montrer.

— C'est une curiosité assez inattendue, non ?

— Cela dépend du point de vue auquel on se place.

— Puis-je vous demander si vous avez manifesté des désirs du même genre aux autres étages de la maison ?

— Pas encore, monsieur Barillard. J'ajoute que vous avez le droit de ne pas accéder à ma requête, auquel cas je téléphonerai à un juge d'instruction fort sympathique qui m'enverra par planton un mandat de perquisition et, au besoin, un mandat d'amener. Peut-être préférez-vous que nous continuions cet entretien dans mon bureau du Quai des Orfèvres ?

Maigret ne manquait pas de noter une contradiction assez flagrante dans l'attitude des deux personnages. La femme écarquillait les yeux, surprise du ton que prenait soudain la conversation, du raidissement, inattendu pour elle, des deux hommes. Posant la main sur celle de son mari, elle questionnait :

— Que se passe-t-il, Fernand ?

— Rien, mon petit. Ne t'inquiète pas. Tout à l'heure, le commissaire Maigret me présentera des excuses. Quand la police se trouve en face d'un crime qui la dépasse, elle a tendance à s'énerver.

— Est-ce vous, madame, qui, il y a un peu moins d'une heure, avez reçu un coup de téléphone ?

Elle se tourna vers son mari avec l'air de lui demander quoi répondre, mais, sans la regarder, il semblait prendre la mesure du commissaire, chercher à deviner où celui-ci espérait en arriver.

— C'est moi qui ai reçu un coup de téléphone.

— D'un ami ?

— D'un client.

— Un chocolatier ? Un confiseur ? Un parfumeur ? C'est votre clientèle, n'est-ce pas ?

— Vous êtes assez bien renseigné.

— A moins qu'il ne s'agisse d'un bijoutier ? Puis-je vous demander, monsieur Barillard, de me dire son nom ?

— J'avoue que je ne l'ai pas retenu, car l'affaire ne m'intéressait pas.

— Vraiment ! Un client qui vous appelle après journée. Que désirait-il donc de vous ?

— Des prix courants.

— Vous connaissez M. Louis depuis longtemps ?

Le coup porta. Le beau Fernand fronça les sourcils et sa femme elle-même nota qu'il était soudain moins à son aise.

— Je ne connais pas M. Louis. Maintenant, si vous croyez nécessaire de poursuivre cet entretien, passons dans mon bureau. J'ai pour principe de ne pas mêler les femmes aux affaires.

— Les femmes ?

— La mienne, si vous préférez. Tu permets, chérie ?

Il le conduisait dans une pièce contiguë, de la même dimension à peu près que le cagibi de Palmari, assez confortablement aménagée. Comme les fenêtres donnaient sur la cour, il faisait plus sombre que dans les autres pièces et Barillard alluma les lampes.

— Asseyez-vous si vous y tenez et, puisqu'il le faut bien, je vous écoute.

— Vous venez de prononcer une phrase assez amusante.

— Je vous prie de croire que mon intention n'est pas de vous amuser. Nous avons projeté, ma femme et moi, d'aller ce soir au cinéma et vous allez nous faire manquer le début du film. Qu'ai-je donc dit de drôle ?

— Que vous avez pour principe de ne pas mêler les femmes aux affaires.

— Je ne suis pas le seul dans mon cas.

— Nous en reparlerons tout à l'heure. En ce qui concerne Mme Barillard, en tout cas, je suis volontiers disposé à vous croire. Il y a longtemps que vous êtes marié ?

— Huit ans.

— Vous faisiez déjà le même métier qu'aujourd'hui ?

— A peu près.

— La différence ?

— Je m'occupais de la fabrication, dans une cartonnerie de Fontenay-sous-Bois.

— Vous habitiez cet immeuble ?

— J'habitais un pavillon, à Fontenay.

— Voyons cette valise d'échantillons.

Elle était posée sur le parquet, à gauche de la porte, et Barillard la hissa à contrecœur sur le bureau.

— La clef ?

— Elle n'est pas fermée.

Maigret l'ouvrit et, comme il s'y attendait, parmi les boîtes luxueuses, presque toutes décorées avec goût, il trouva de ces boîtes

107

dans lesquelles les bijoutiers emballent les montres et les bijoux vendus sans écrin.

— Combien de bijouteries avez-vous visitées aujourd'hui ?

— Je ne sais pas. Trois ou quatre. Les horlogers et bijoutiers ne forment qu'une partie de notre clientèle.

— Vous prenez note des maisons de commerce où vous passez ?

Pour la seconde fois, Fernand Barillard tiqua.

— Je n'ai pas une âme de comptable ni de statisticien. Je me contente d'enregistrer les commandes.

— Et, bien entendu, ces commandes passées à votre maison, vous en gardez un double ?

— C'est peut-être ainsi que d'autres agiraient. Moi, je fais confiance à mes patrons et je m'encombre d'aussi peu de paperasse que possible.

— De sorte qu'il vous est impossible de me fournir une liste de vos clients ?

— Impossible en effet.

— Pour quelle maison travaillez-vous ?

— Gelot et Fils, avenue des Gobelins.

— Leur comptabilité doit être mieux tenue que la vôtre et je leur rendrai visite demain matin.

— Voulez-vous me dire enfin à quoi vous voulez en venir ?

— Une question d'abord. Vous maintenez que vous ne mêlez jamais les femmes à vos affaires, n'est-ce pas ?

Barillard, qui allumait une cigarette, haussa les épaules.

— Même si cette femme s'appelle Aline et habite à votre porte ?

— J'ignorais qu'elle s'appelle Aline.

— Vous avez pourtant su tout de suite de qui je parlais.

— Il n'y a qu'un appartement en face du nôtre, donc à notre porte, et une seule femme, à ma connaissance, dans cet appartement.

» Il m'est arrivé de la croiser dans l'escalier, de me trouver dans l'ascenseur avec elle, de la saluer d'un coup de chapeau, mais je ne me souviens pas de lui avoir adressé la parole.

» Peut-être, à l'occasion, pour murmurer en lui tenant la porte de l'ascenseur ouverte :

» — Passez, je vous en prie...

— Votre femme est au courant ?

— De quoi ?

— De tout. De votre commerce. De vos activités diverses. De vos relations avec M. Louis.

— Je vous ai dit que je ne connais pas de M. Louis.

— Pourtant, voilà une heure, il vous a averti par téléphone que j'enquêtais rue Fontaine et il vous a rapporté en partie ma conversation avec le patron du Clou Doré et le barman.

— Que voulez-vous que je vous dise ?

— Rien. Comme vous le voyez, c'est moi qui parle. Il y a des cas où il vaut mieux jouer franc jeu, abattre ses cartes devant l'adversaire.

» J'aurais pu attendre d'avoir rencontré vos

patrons et interrogé le comptable de l'avenue des Gobelins. Ils ne peuvent, d'ici à demain, truquer leurs livres pour vous tirer d'affaire. Et vous savez fort bien ce que je vais découvrir.

— Des noms, des adresses et des chiffres. Tant de boîtes Pompadour à cent cinquante francs la douzaine. Tant de...

— Tant d'écrins à tant la douzaine ou le cent.

— Et alors ?

— Figurez-vous, monsieur Barillard, que je possède de mon côté une liste des bijouteries qui, à Paris et dans la banlieue, ont été, depuis un certain nombre d'années, l'objet d'un vol important, qu'il s'agisse de hold-up ou, plus récemment, de vitrines brisées à l'aide d'un démonte-pneu.

» Vous commencez à comprendre ? J'ai la quasi-certitude que, sur la liste de vos clients, que me fournira la maison Gelot et Fils, je retrouverai à peu près tous les noms de ma propre liste.

— Et si cela était ? Etant donné que je visite la plupart des bijoutiers de la place, sauf les grandes maisons qui n'utilisent que des écrins en maroquinerie, il est normal...

— Je ne pense pas que ce soit l'opinion du juge d'instruction chargé de l'affaire Palmari.

— Parce que mon voisin de palier s'occupait de bijoux ?

— A sa façon. Et, depuis trois ans qu'il est invalide, par l'intermédiaire d'une femme.

— C'est pour cela que vous m'avez demandé tout à l'heure si...

110

— Parfaitement. Maintenant, je vous demande si vous êtes l'amant d'Aline Bauche et depuis combien de temps.

Ce fut instinctif. L'homme jeta malgré lui un coup d'œil à la porte puis, à pas feutrés, alla l'entrouvrir pour s'assurer que sa femme n'écoutait pas.

— Si vous m'aviez parlé ainsi dans la salle à manger, je crois que je vous aurais cassé la figure. Vous n'avez pas plus le droit que n'importe qui de jeter la suspicion dans un ménage.

— Vous ne m'avez pas répondu.

— C'est non.

— Et vous ne connaissez toujours pas de M. Louis ?

— Et je ne connais pas de M. Louis.

— Vous permettez ?

Maigret tendait la main vers l'appareil téléphonique, formait le numéro de l'appartement d'en face, reconnaissait la voix de Lucas.

— Que fait ta cliente ?

— Elle a dormi un certain temps, puis elle s'est décidée à manger une tranche de jambon et un œuf. Elle devient nerveuse, arpente les pièces en me regardant d'un œil assassin chaque fois qu'elle passe devant moi.

— Elle n'a pas essayé de téléphoner ?

— Non. Je veille au grain.

— Personne n'est venu ?

— Personne.

— Je te remercie. Je serai chez elle dans quelques minutes. Veux-tu, d'ici là, télépho-

111

ner au Quai de nous envoyer un homme de plus ? Ici, oui. Je sais que Bonfils est en bas.

» J'en voudrais un second à qui tu donneras la consigne suivante : d'abord, qu'il prenne une voiture ; ensuite, qu'il la range devant la porte et qu'il ne quitte pas celle-ci des yeux.

» Il s'agit, s'il s'avisait de sortir, seul ou en compagnie de sa femme, de prendre en filature un certain Fernand Barillard, représentant de commerce, qui habite l'appartement en face de celui où tu te trouves.

» J'y suis, oui. Qu'on branche sa ligne sur la table d'écoutes.

» Signalement de Barillard : quarante ans environ, un mètre soixante-quinze, cheveux bruns abondants, fine moustache brune, une certaine élégance, le genre d'homme qui plaît aux femmes. La sienne, au cas où elle l'accompagnerait, est plus jeune d'une dizaine d'années, blonde, appétissante, plutôt dodue.

» Je reste ici le temps que notre inspecteur soit en bas. A tout de suite, vieux.

Pendant qu'il parlait, le voyageur de commerce le regardait haineusement.

— Je suppose, lui demanda Maigret avec presque de la suavité, que vous n'avez toujours rien à me dire ?

— Absolument rien.

— Mon inspecteur va mettre une dizaine de minutes pour arriver ici. J'ai l'intention de vous tenir compagnie en attendant.

— Comme il vous plaira.

Barillard s'assit dans un fauteuil de cuir, saisit un magazine sur un guéridon, fit mine de se plonger dans sa lecture. Maigret, lui, se leva et se mit à examiner la pièce en détail, lisant le titre des livres de la bibliothèque, soulevant un presse-papiers, entrouvrant les tiroirs du bureau.

Ce furent de longues minutes pour le représentant. Par-dessus son magazine, il lançait parfois un coup d'œil à cet homme épais, placide, qui semblait emplir le bureau de sa masse, l'écraser de son poids, et sur le visage duquel aucune pensée ne se laissait deviner.

De temps en temps, le commissaire tirait sa montre de sa poche, car il ne s'était jamais habitué aux montres-bracelets et il gardait précieusement le chronomètre en or, à double boîtier, hérité de son père.

— Encore quatre minutes, monsieur Barillard.

Celui-ci s'efforçait de ne pas broncher, mais ses mains commençaient à trahir son impatience.

— Trois minutes.

Il se contenait avec de plus en plus de peine.

— Et voilà ! Je vous souhaite une bonne nuit en attendant notre prochaine entrevue qui sera, j'espère, aussi cordiale que celle-ci.

Maigret sortait du bureau et trouvait la jeune femme, les yeux rouges, dans la salle à manger.

— Mon mari n'a rien fait de mal, n'est-ce pas, monsieur le commissaire ?

— C'est à lui qu'il faut le demander, petite madame. Je le souhaite pour vous.

— Malgré ses apparences, c'est un homme très doux, très affectueux. Il est parfois soupe

au lait, c'est son tempérament, mais il est toujours le premier à regretter ses colères.

— Bonne nuit, madame.

Elle le reconduisit, les yeux inquiets, et le vit
se diriger, non vers l'ascenseur, mais vers la
porte d'en face.

## 5

Ce fut une Aline aux nerfs tendus, au regard fixe et aigu que soulignait un cerne profond, qui ouvrit la porte à Maigret, plus placide que jamais. Le temps de traverser le palier, il s'était donné l'air bonhomme que ses inspecteurs connaissaient bien et dont ils n'étaient pas dupes.

— Je n'ai pas voulu quitter l'immeuble sans vous souhaiter une nuit aussi bonne que possible.

Lucas, assis dans un fauteuil, posait sur le tapis le magazine qu'il était occupé à lire et se levait paresseusement. Il n'était pas difficile de deviner que la cordialité ne régnait pas entre les deux personnages qui venaient de passer plusieurs heures enfermés dans l'appartement et qui allaient y rester jusqu'au matin.

— Vous ne croyez pas, Aline, que vous feriez mieux de vous coucher ? Les émotions ne vous ont pas manqué aujourd'hui. Je crains que la journée de demain ne soit aussi pénible, sinon plus. N'avez-vous pas dans votre pharmacie un somnifère ou un calmant quelconque ?

Elle l'observait durement, cherchant le fond de sa pensée, rageant de voir que le commissaire ne donnait aucune prise.

— Pour ma part, j'ai beaucoup appris depuis ce matin mais je dois procéder à un certain nombre de vérifications avant de vous parler de mes découvertes. Au fait, ce soir même, j'ai fait la connaissance d'un homme assez curieux qui est votre voisin de palier.

» Je me suis d'abord mépris à son sujet, le prenant pour un simple représentant en boîtes pour confiseurs et chocolatiers.

» Il s'avère que son activité est beaucoup plus étendue et englobe, en particulier, le monde de la bijouterie.

Il prenait son temps, bourrait sa pipe, rêveur.

— Avec tout cela, je n'ai pas encore dîné. J'espère que M. Louis aura eu la patience de m'attendre au Clou Doré et que nous pourrons manger ensemble.

Encore un silence. Il tassait le tabac dans sa pipe, d'un geste familier de l'index, retirait un brin qui dépassait, frottait enfin une allumette cependant qu'Aline suivait ses mouvements trop minutieux avec une impatience croissante.

— Un bel homme, ce Fernand Barillard. Je serais surpris qu'il se contente d'une seule femme, surtout que la sienne me paraît bien pâle pour lui. Qu'est-ce que vous en pensez, vous ?

— Je ne le connais pas.

— Bien entendu, la propriétaire d'un immeuble ne peut connaître intimement tous ses locataires. Surtout que je me demande si cette maison est la seule que vous possédiez.

» Je le saurai demain, par le notaire Desgrières, à qui j'ai demandé un rendez-vous. Cette affaire est si compliquée, Aline, que par moments j'ai l'impression de perdre pied.

» A tout hasard, j'ai posté un homme en bas, pour le cas où Barillard aurait l'envie de sortir. Quant à son téléphone, il est désormais branché comme le vôtre sur la table d'écoutes.

» Vous voyez que je vous avertis gentiment. Sans doute n'avez-vous rien à me dire ?

Les lèvres serrées, elle se dirigea à pas secs, mécaniques, vers la chambre à coucher dont elle claqua la porte derrière elle.

— C'est vrai, patron, tout ce que vous venez de dire ?

— A peu près. Bonne nuit. Essaie de ne pas t'endormir. Prépare-toi autant de café fort qu'il t'en faudra et, s'il se passe quoi que ce soit, téléphone-moi boulevard Richard-Lenoir. J'ignore à quelle heure j'y serai, mais je suis bien décidé à dormir.

Au lieu de prendre l'ascenseur, il descendit lentement l'escalier, imaginant la vie des locataires à mesure qu'il passait devant leur porte. Certains regardaient la télévision et on entendait les mêmes voix dans plusieurs appartements, les mêmes musiques. Chez Mabel Tuppler, un piétinement indiquait qu'un ou deux couples dansaient.

L'inspecteur Lagrume sommeillait devant

le volant d'une voiture de la P.J. et Maigret lui serra distraitement la main.

— Vous n'avez pas d'auto, patron ?

— Je trouverai un taxi avenue de la Grande-Armée. Tu as tes instructions ?

— Suivre le type, Fernand Barillard.

Maigret se sentait moins léger que quand il s'était éveillé le matin dans l'appartement vibrant de soleil ou quand, sur la plate-forme de l'autobus, il se gavait des images d'un Paris colorié comme un album pour enfants.

Les gens avaient la manie de le questionner sur ses méthodes. Certains se prétendaient même capables de les analyser et il les regardait là avec une curiosité goguenarde car ils en savaient plus que lui qui, le plus souvent, improvisait au gré de son instinct.

Le préfet n'aurait certainement pas apprécié ce que l'instinct du commissaire lui dictait ce jour-là, et le petit juge d'instruction, en dépit de son admiration, aurait sans doute froncé les sourcils.

Par exemple, avant de questionner Fernand Barillard, Maigret aurait dû réunir le plus de renseignements possibles à son sujet, constituer un dossier, avoir en main les dates qu'il était sûr de trouver chez Gelot et Fils, les précisions que lui fournirait éventuellement maître Desgriè es.

Il avait préféré éveiller l'inquiétude du représentant de commerce, le mettre volontairement sur ses gardes, sans rien lui cacher, bien au contraire, de la surveillance dont il était l'objet.

Un instant, il avait pensé ne rien dire à

Aline, afin de la surprendre le lendemain en la mettant en présence de son voisin de palier et d'épier ses réactions.

En fin de compte, il avait joué le jeu contraire, et elle savait dès à présent qu'il avait établi un lien entre elle et le représentant en boîtes de carton.

Ils étaient surveillés l'un et l'autre. Ils ne pouvaient ni se rencontrer, ni prendre contact par téléphone. Il leur était aussi impossible de sortir de l'immeuble sans être suivis.

Allaient-ils, dans ces conditions, trouver un sommeil paisible ? Maigret avait agi de même avec M. Louis, en ne lui laissant pas ignorer que ses faits et gestes étaient désormais enregistrés par la police.

Entre ces trois différents personnages, il était encore impossible d'établir des liens. La seule similitude entre eux était l'inquiétude, que Maigret s'efforçait de rendre, pour chacun, aussi lancinante que possible.

— Au Clou Doré, rue Fontaine.

Là aussi, il avait joué cartes sur table, ou presque. Et, puisqu'il devait bien dîner quelque part, autant choisir le restaurant dont Palmari avait été longtemps le propriétaire avant de le mettre au nom d'Aline, puis de le céder à Pernelle.

Il fut surpris, en entrant, de trouver une atmosphère si animée. Presque toutes les tables étaient occupées et on entendait une rumeur de conversations entrecoupées de rires féminins tandis que la fumée des cigares et des cigarettes formait un nuage presque opaque à un mètre du plafond.

Dans la lumière rose des lampes, il aperçut M. Louis attablé en face d'une jolie fille cependant que Lapointe se morfondait au bar devant un citron pressé.

Un Pernelle au sourire professionnel allait de client en client, serrant les mains, se penchant pour raconter une bonne histoire, ou pour prendre une commande qu'il tendait à un des garçons.

Deux femmes, juchées sur les tabourets du bar, se mettaient en frais de coquetterie pour le jeune Lapointe qui, gêné, s'efforçait de regarder ailleurs.

A l'arrivée de Maigret, l'une d'elles s'était penchée vers sa copine, sans doute pour lui souffler :

— C'est un flic !

De sorte que quand le commissaire rejoignit l'inspecteur, celui-ci perdit tout intérêt aux yeux des demoiselles.

— Tu as dîné ?

— J'ai mangé un sandwich au café-tabac où il est resté plus d'une heure. Ensuite, il est revenu ici et a attendu cette jeune femme pour se mettre à table.

— Pas trop fatigué ?

— Non.

— J'aimerais que tu continues à le suivre. Quand il rentrera chez lui, téléphone au Quai qu'on te relaie. Même chose s'il se rend chez la fille, ce qui est possible, ou s'il l'emmène à l'hôtel. Tu ferais mieux de manger un morceau avec moi.

— Une bière, monsieur Maigret ?

— Un peu tard, Justin. J'ai mon compte de bière pour aujourd'hui.

Il fit signe à Pernelle, qui leur trouva une petite table éclairée d'une lampe dorée à abat-jour de soie.

— Ce soir, je vous recommande la paella. Vous pourriez commencer par des ramequins à la niçoise. Avec ça, un tavel bien sec, à moins que vous ne préfériez un pouilly fumé.

— Va pour la paella et le tavel.

— Deux couverts ?

Il fit signe que oui et, pendant le repas, ne parut se préoccuper que de la nourriture et du vin fruité à souhait. M. Louis, de son côté, feignait de n'avoir d'yeux que pour sa compagne, qui ne s'en retourna pas moins deux ou trois fois sur les policiers et qui posa sans doute des questions à leur sujet.

— Plus je le regarde, soupira le commissaire, et plus je suis sûr de le connaître. Cela date de loin, peut-être dix ans, ou davantage. Il est possible qu'il ait eu affaire à moi quand il était jeune et mince et que son embonpoint actuel me déroute.

Au moment de l'addition, Pernelle s'inclina d'un air tout professionnel, trouvant le temps de murmurer à l'oreille de Maigret :

— Un détail m'est revenu après votre départ. Le bruit a couru il y a un certain temps, que Palmari était propriétaire d'un hôtel rue de l'Etoile. C'était alors un hôtel de passe, l'Hôtel Bussière ou Bessière.

Maigret payait sans avoir l'air d'y attacher d'importance.

— J'y vais, Lapointe, murmura-t-il un peu

plus tard. Je ne m'attends pas à y rester longtemps. Bonne chance.

M. Louis le suivit des yeux jusqu'à la porte.
Un taxi maraudait. Dix minutes plus tard,
Maigret descendait de voiture en face de
l'Hôtel Bussière, situé à moins de cent mètres
du commissariat de police, ce qui n'empêchait pas deux ou trois filles de rester plantées
sur le trottoir avec des intentions fort évi-
dentes.

— Tu viens ?

Il fit signe que non, trouva un veilleur de
nuit derrière le guichet qui séparait le corri-
dor d'une petite pièce où on apercevait un
bureau à cylindre, un tableau de clefs et un
lit de camp.

— C'est pour la nuit ? Vous êtes seul ? Vous
n'avez pas de bagages ? Dans ce cas, je dois
vous demander de payer d'avance. Trente
francs, plus vingt pour cent de service.

Il poussait un cahier devant le commissaire.

— Nom, adresse, numéro du passeport ou
de la carte d'identité.

Si Maigret avait fait monter une fille avec
lui, il aurait échappé à ces formalités. Après
le piège qu'on lui avait tendu deux semaines
plus tôt et qui avait failli lui valoir la retraite
anticipée, il préférait ne pas se compromettre.

Il écrivit son nom, son adresse, le numéro
de sa carte, évitant d'inscrire sa profession.
On lui tendit une clef et le veilleur mal rasé
pressa un timbre électrique qui déclencha
une sonnerie à l'étage.

Ce ne fut pas une femme de chambre mais
un homme en bras de chemise et en tablier

blanc qui l'accueillit au premier et prit la clef dont il regarda le numéro d'un air maussade.

— Le 42 ? Suivez-moi.

L'hôtel n'avait pas d'ascenseur, ce qui expliquait la mauvaise humeur du valet. Le personnel de nuit, dans les établissements de deuxième et de troisième ordre, est souvent composé d'échantillons peu reluisants de l'espèce humaine, et on recruterait sans peine de quoi peupler une véritable Cour des Miracles.

Ici, le garçon boitait et son visage au nez de travers était d'un vilain jaune qui évoquait un foie délabré.

— Ces escaliers ! Toujours ces escaliers ! monologuait-il à voix basse. Putain de bordel !

Au quatrième, il s'avança dans un couloir étroit, s'arrêta devant le 42.

— Vous y êtes. Je vais vous apporter des serviettes.

Car il n'y avait pas de serviettes dans les chambres, truc classique pour inciter à un pourboire en sus des vingt pour cent du service.

Le garçon feignait ensuite de s'assurer que rien ne manquait et son regard s'arrêtait enfin sur le billet de cinquante francs que Maigret tenait ostensiblement entre deux doigts.

— Vous voulez dire que c'est pour moi ?

Il devenait méfiant, sans pouvoir toutefois empêcher ses yeux de briller.

— C'est une belle fille que vous désirez ? Vous n'avez pas trouvé en bas ce que vous cherchez ?

— Fermez un instant la porte.

— Dites donc, vous n'avez pas d'idées de derrière la tête, j'espère ? C'est drôle, il me semble que je connais votre tête.

— Peut-être quelqu'un qui me ressemble ? Vous travaillez toujours la nuit ?

— Pas moi. Si je fais la nuit une semaine sur deux, c'est que je dois aller suivre un traitement au dispensaire.

— Il vous arrive donc de travailler de jour, de sorte que vous connaissez les clients réguliers ?

— Il y en a qu'on connaît, d'autres qui ne font que passer.

Ses petits yeux cernés de rouge allaient du billet de banque au visage du commissaire et un pli barrait son front, trahissant un pénible effort de réflexion.

— J'aimerais savoir si vous connaissez cette femme.

Maigret tirait de sa poche un portrait d'Aline Bauche qu'il avait fait prendre à son insu plusieurs mois plus tôt.

— Je me demande s'il lui arrive de venir ici en compagnie d'un homme.

Le valet ne fit que jeter un coup d'œil à la photographie et son front se rembrunit davantage.

— Vous vous moquez de moi ?

— Pourquoi ?

— Parce que c'est le portrait de la propriétaire. Tout au moins, pour ce que j'en sais.

— Vous la voyez souvent ?

— En tout cas, jamais la nuit. Il m'arrive de l'apercevoir quand je suis de jour.

— Elle a une chambre dans l'hôtel ?

— Une chambre et un salon, au premier.

— Mais elle ne les occupe pas régulièrement ?

— Je vous répète que je ne sais pas. On la voit. On ne la voit pas. Nous, ce n'est pas notre affaire et on n'est pas payés pour la surveiller.

— Vous ignorez où elle habite ?

— Comment le saurais-je ?

— Et son nom ?

— J'ai entendu la gérante l'appeler Mme Bauche.

— Lors de sa visite à l'hôtel, elle reste longtemps ?

— C'est impossible à dire, à cause de l'escalier en colimaçon qui relie le bureau de la gérante, au rez-de-chaussée, à l'appartement du premier.

— On peut aussi descendre de cet appartement par l'escalier des locataires ?

— Bien entendu.

— Prenez ce billet. Il est à vous.

— Vous êtes de la police ?

— Peut-être.

— Dites donc, vous ne seriez pas par hasard le commissaire Maigret ? Il me semblait bien que je connaissais votre tête. J'espère que vous n'allez pas causer d'ennuis à la patronne, car je risquerais d'en avoir aussi.

— Je vous promets qu'il ne sera pas question de vous.

Un second billet était apparu comme par magie entre les mains du commissaire.

— Pour la réponse correcte et franche à une question.

— Voyons d'abord la question.

— Est-ce que, lorsqu'elle se trouve dans l'hôtel, Mme Bauche, comme vous l'appelez, rencontre quelqu'un d'autre que la gérante ?

— Elle ne s'occupe pas du personnel, si c'est ce que vous voulez dire.

— Ce n'est pas ce que je veux dire. Elle pourrait recevoir, dans son appartement, des gens de l'extérieur, qui ne monteraient pas nécessairement par l'escalier en colimaçon mais emprunteraient l'escalier principal...

Le billet était aussi tentant que le premier. Et Maigret coupait court aux hésitations de l'homme par une question directe.

— Comment est-il ?

— Je l'ai seulement entrevu quelquefois, presque toujours dans l'après-midi. Il est plus jeune, plus mince que vous.

— Les cheveux bruns ? Une fine moustache noire ? Beau garçon ?

Le valet confirmait de la tête.

— Il portait une valise ?

— La plupart du temps, oui. Il loue une chambre du premier, toujours la même, le 7, qui est la plus proche de l'appartement, et n'y passe jamais la nuit.

Le billet changea de main. Le valet le glissa vivement dans sa poche, mais il ne sortit pas tout de suite, se demandant peut-être s'il n'y aurait pas une troisième question qui lui vaudrait à nouveau cinquante francs.

— Merci. Je vous promets de ne pas vous

mettre dans le bain. Je pars dans quelques minutes.

Comme une sonnerie retentissait, le valet sortit vivement de la chambre en criant :

— On vient !

— Tu n'as pas eu trop chaud ? s'inquiétait Mme Maigret. J'espère que tu as pris le temps de déjeuner et de dîner et que cette fois tu ne t'es pas contenté de sandwiches ?

— J'ai mangé une excellente paella au Clou Doré. Quant au déjeuner, j'ai oublié. Au fait, j'étais avec un drôle de petit juge d'instruction dans un bistrot auvergnat.

Il eut de la peine à s'endormir, car les personnages qui avaient peuplé sa journée revenaient le hanter tour à tour, avec en premier plan la masse presque grotesque, curieusement tordue, de Palmari au pied du fauteuil roulant.

Pour le juge Ancelin, ce n'était qu'une victime au départ d'une instruction qui l'occuperait pendant quelques semaines. Maigret, lui, avait connu Manuel à des époques différentes de sa carrière ; bien qu'ils fussent chacun d'un côté différent de la barrière, des liens subtils, difficiles à définir, s'étaient établis entre les deux hommes.

Pouvait-on dire que le commissaire respectait l'ex-propriétaire du Clou Doré ? Le mot respect était trop fort. Mesurant l'homme sans préjugés, le policier chevronné ne pouvait s'empêcher de nourrir à son égard une certaine estime.

De même avait-il, dès le début, été curieux d'Aline, qui exerçait sur lui une sorte de fascination. Il s'efforçait de la comprendre, croyait parfois y parvenir pour remettre aussitôt son jugement en question.

Il atteignit enfin l'univers flottant qui sépare la veille du sommeil, et les silhouettes des personnages s'estompèrent, ses pensées devinrent plus floues, imprécises.

A la base, se trouvait la peur. Il en avait souvent discuté, en état de veille, avec le docteur Pardon qui avait, lui aussi, l'expérience des hommes et qui n'était pas loin de partager ses conclusions.

Tout le monde a peur. On s'ingénie à dissiper la peur des tout-petits avec des contes de fées, et presque aussitôt, dès l'école, l'enfant craint de montrer à ses parents un livret scolaire qui comporte de mauvaises notes.

La peur de l'eau. La peur du feu. La peur des animaux. La peur de l'obscurité.

Peur, à quinze ou à seize ans, de mal choisir son destin, de rater sa vie.

Dans sa demi-conscience, toutes ces peurs devenaient comme les notes d'une symphonie sourde et tragique : les peurs latentes qu'on traîne jusqu'au bout derrière soi, les peurs aiguës qui font crier, les peurs dont on se moque après coup, la peur de l'accident, de la maladie, de l'agent de police, la peur des gens, de ce qu'ils disent, de ce qu'ils pensent, des regards qu'ils posent sur vous au passage.

Tout à l'heure, en fixant le billet tentateur entre les doigts du commissaire, le valet de chambre maladif de l'Hôtel Bussière était partagé entre la peur d'être renvoyé et la tentation. Ensuite, à l'apparition de chaque billet, le même mécanisme avait joué.

N'avait-il pas encore peur, à présent, peur que Maigret ne parle, qu'il ne le mêle à une affaire qu'il devinait grave et qui l'entraînerait dans Dieu sait quelles complications ?

C'est par peur aussi que Pernelle, le tout récent propriétaire du Clou Doré, était venu glisser à l'oreille du commissaire l'adresse de la rue de l'Etoile. Peur d'être dorénavant harcelé par la police, peur de la fermeture de son établissement au nom de quelque règlement obscur.

M. Louis n'avait-il pas peur aussi ? Jusqu'ici, il s'était tenu dans l'ombre, sans aucun lien apparent avec Manuel et Aline. Or, voilà qu'il avait à son tour la P.J. aux talons, et on ne vit pas à Montmartre jusqu'à son âge sans savoir ce que cela signifie.

Qui avait à l'instant même le plus peur, d'Aline ou de Fernand Barillard ?

Le matin encore, personne ne soupçonnait un lien entre les deux appartements du quatrième étage. Mme Barillard jouissait gaiement de l'existence, sans se poser de questions, en petite bourgeoise qui tenait son ménage du mieux qu'elle pouvait.

Aline s'était-elle résignée à se coucher ? Lucas restait comme incrusté dans son appartement, calme et déterminé. Rien ne l'en ferait bouger. Elle ne pouvait ni sortir, ni téléphoner. Elle se trouvait soudain livrée à elle-même, coupée du reste du monde.

N'aurait-elle pas préféré être conduite au

Quai des Orfèvres, où elle aurait pu protester, exiger la présence d'un avocat de son choix ?

Officiellement, la police n'était chez elle que pour la protéger.

Deux portes, un palier, la séparaient de l'homme qu'elle avait reçu à plusieurs reprises dans son appartement secret de l'Hôtel Bussière.

Palmari était-il au courant ? Lui aussi, pendant des mois, avait vécu avec la police en face de sa maison, son téléphone branché sur la table d'écoutes, et, par surcroît, il était invalide.

Il n'en avait pas moins continué son activité, dirigeant ses hommes par l'intermédiaire d'Aline.

Ce fut la dernière pensée de Maigret avant de sombrer pour de bon : Aline... Manuel... Aline l'appelait papa... Elle qui se montrait ironique et agressive avec tout le monde, devenait tendre auprès du vieux caïd et le défendait comme une tigresse...

Aline... Manuel...

Aline... Fernand...

Il en manquait un. Maigret n'avait plus assez de lucidité pour se rappeler qui n'était pas à l'appel. Un des rouages. Il en avait parlé à quelqu'un, peut-être au juge ? Un rouage important, à cause des diamants.

Aline... Manuel... Fernand... Barrer Manuel, puisqu'il était mort... Aline... Fernand.

Chacun dans sa cage, à tourner en rond en attendant une initiative de Maigret.

Quand il s'éveilla, Mme Maigret ouvrait la

fenêtre toute grande puis lui tendait une tasse de café.

— Tu as bien dormi ?

— Je ne sais pas. J'ai beaucoup rêvé, mais je ne me souviens pas de quoi.

Le même soleil que la veille, la même allégresse dans l'air, dans le ciel, dans le pépiement des oiseaux, dans les bruits et les odeurs de la rue.

C'était Maigret qui était différent, qui ne participait plus à cette chanson joyeuse du jour qui commence.

— Tu parais fatigué.

— J'ai une grosse journée devant moi, des responsabilités à prendre.

Cela, elle l'avait deviné la veille quand il était rentré, mais elle avait soin de ne pas lui poser de questions.

— Tu mettras ton complet de fil-à-fil gris. Il est plus léger que l'autre.

Entendit-il ? Il prit machinalement son petit déjeuner, avala sans les déguster deux tasses de café noir. Il ne fredonna pas sous la douche et s'habilla d'un air distrait, oubliant de s'informer du menu de midi. Sa seule question fut :

— Au fait, le homard d'hier était bon ?

— Il en reste assez pour une salade.

— Appelle-moi un taxi, veux-tu ?

Pas d'autobus ce matin, même à plate-forme. Pas de paysage, d'images colorées qu'il laissait glisser voluptueusement sur sa rétine.

— Quai des Orfèvres !

Son bureau d'abord.

— Demandez-moi Fernand Barillard...

131

Etoile 42.38... Allô ! Madame Barillard ?... Ici, le commissaire Maigret... Veuillez me passer votre mari, s'il vous plaît... J'attends, oui...

Sa main tripotait machinalement les rapports empilés sur le bureau.

— Allô !... Barillard ?... C'est à nouveau moi... J'ai oublié, hier, de vous prier de rester ce matin et sans doute toute la journée à votre domicile... Je sais !... Je sais !... Tant pis ! vos clients attendront... Non, je n'ai aucune idée de l'heure à laquelle je vous verrai...

Le compte rendu de Lucas n'était qu'une note personnelle pour le commissaire et son rapport officiel serait rédigé plus tard.

*Rien d'important à signaler. Elle s'est promenée dans l'appartement jusqu'à deux heures du matin et, plusieurs fois, comme elle passait près de moi, je me suis demandé si elle n'allait pas me griffer au visage. Elle a fini par s'enfermer dans sa chambre et, après une demi-heure environ, je n'ai plus entendu aucun bruit. A huit heures, lorsque Jarvis m'a relayé, elle paraissait dormir. Je téléphonerai au Quai vers onze heures pour savoir si vous avez besoin de moi.*

Le rapport de Lapointe n'était guère plus intéressant. Il avait été téléphoné à trois heures du matin.

*A transmettre au commissaire Maigret. M. Louis et sa compagne sont restés jusqu'à onze heures et demie au Clou Doré. La fille s'appelle Louise Pégasse, surnommée Lulu la Torpille, nom sous lequel elle passe en fin de programme dans une boîte de strip-tease, la Boule Verte, rue Pigalle.*

M. Louis l'y a accompagnée. Je l'ai suivi et me suis installé à une table proche de la sienne. Après avoir emprunté l'entrée des artistes, Lulu est réapparue sur la scène et, son numéro terminé, s'est installée au bar où, avec ses camarades, elle est chargée de pousser à la consommation.

M. Louis n'a pas bougé, n'a pas téléphoné, n'est à aucun moment sorti de la salle.

Un peu avant trois heures, Lulu est venue lui chuchoter quelques mots à l'oreille. Il a réclamé son chapeau et, l'un derrière l'autre, nous avons attendu sur le trottoir. Lulu est bientôt sortie. Le couple s'est dirigé, à pied, vers un hôtel meublé de la place Saint-Georges : l'Hôtel du Square.

J'ai questionné le portier de nuit. Louise Pégasse habite l'hôtel depuis plusieurs mois. Elle rentre souvent en compagnie d'un homme, rarement le même. C'est la deuxième ou la troisième fois que M. Louis la suit dans sa chambre. Je téléphone d'un bistrot qui va fermer. Je continue la planque.

— Janvier ! Où est Janvier ? Il n'est pas arrivé ?

— Il est aux toilettes, monsieur le commissaire.

Janvier entrait.

— Envoie donc un homme en face de l'Hôtel du Square, place Saint-Georges, pour relayer Lapointe qui doit être fourbu. S'il n'a rien de nouveau à signaler, qu'il aille se coucher et qu'il téléphone en fin d'après-midi. Il est possible que j'aie alors besoin de lui.

Il avait à peine le temps de se précipiter au

rapport, où il arriva bon dernier. Il y eut des coups d'œil complices dans sa direction, car il avait son expression de physionomie des grands jours, son air buté, la pipe en bataille, tellement serrée dans sa mâchoire qu'il lui était arrivé d'en faire éclater le bout d'ébonite.

— Excusez-moi, monsieur le directeur.

Il n'écouta rien de ce qui se disait autour de lui. Quand vint son tour, il se contenta de grommeler :

— Je continue à enquêter sur la mort de Manuel Palmari. Si tout va bien, je ne désespère pas, par la même occasion, de démanteler l'organisation des voleurs de bijoux.

— Toujours votre vieille idée ! Depuis combien d'années soupçonnez-vous Palmari ?

— De nombreuses années, c'est vrai.

D'autres rapports l'attendaient, ceux de Gastinne-Renette et du médecin légiste en particulier. Les trois balles qui avaient atteint Manuel et dont l'une s'était logée dans le dossier du fauteuil avaient bien été tirées par le Smith et Wesson de Palmari.

— Janvier ! Viens un moment.

Il lui donna des instructions pour organiser les tours de garde rue des Acacias.

Un peu plus tard, il franchissait la porte vitrée qui permet de passer de la P.J. au Palais de Justice. Il dut monter deux étages avant de découvrir le cabinet du juge Ancelin, presque sous les combles.

C'était un des locaux non modernisés qu'on réservait aux nouveaux venus et le juge était contraint d'empiler des paperasses à même le plancher et de garder les lampes allumées toute la journée.

A la vue de Maigret, le juge grassouillet se frotta les mains.

— Vous pouvez disposer d'un moment, dit-il à son greffier. Asseyez-vous, mon cher commissaire. Je suis anxieux d'apprendre où vous en êtes.

Maigret lui fit un résumé de son activité de la veille, des rapports reçus le matin.

— Vous espérez que tous ces éléments épars finiront par former un tout cohérent ?

— Chaque personnage impliqué dans cette affaire a peur. Chacun, en ce moment, se trouve isolé des autres, sans moyen de communication...

— Je comprends ! Je comprends ! Très astucieux ! Pas très régulier par contre. Je ne pourrais pas agir de la sorte mais je commence à comprendre votre tactique. Qu'allez-vous faire à présent ?

— D'abord un petit tour rue La Fayette où, dans une brasserie et sur le trottoir, se tient chaque matin le marché aux diamants. J'y connais un certain nombre de diamantaires. C'est un endroit que j'ai eu souvent l'occasion de fréquenter. Ensuite, je me rendrai, pour des vérifications que vous devinez, à la cartonnerie Gelot.

— En somme, si je comprends bien, l'affaire se présente comme ceci...

Et le juge, les yeux malicieux, démontait le mécanisme de l'affaire, ce qui prouvait qu'il avait passé une partie de la nuit à en étudier le dossier.

— Je suppose que vous considérez Palmari comme le chef de l'entreprise. Dans son bar de Montmartre, il a connu, pendant des années, des truands de tous âges qui s'y donnaient rendez-vous. La vieille génération s'est éparpillée peu à peu à travers la France, mais elle n'en a pas moins conservé ses contacts.

» Autrement dit, Palmari pouvait se procurer, par un coup de téléphone bien placé, les deux ou trois hommes dont il avait besoin pour tel ou tel coup. D'accord ?

Maigret approuvait, amusé par l'excitation du magistrat.

— Même isolé du monde à la suite de son accident, rien ne l'empêchait de diriger son organisation grâce à l'intermédiaire d'Aline Bauche. Il a acheté coup sur coup l'immeuble où il vivait avec elle, et je me demande maintenant s'il n'avait pas un but précis en agissant de la sorte.

— Cela lui permettait, entre autres, de donner congé à certains locataires quand il avait besoin d'un appartement vacant.

— Barillard, par exemple. Bien pratique, quand on est sous la surveillance de la police, d'avoir un complice sur le même palier. Vous croyez Barillard capable de retailler des pierres précieuses et de les écouler ?

— De les écouler, oui. De les tailler, non, car c'est un des métiers les plus délicats qui soient. Barillard signalait les étalages de bijoutiers qui valaient la peine d'organiser un coup, ce qui, étant donné sa profession, était facile.

» Par l'intermédiaire d'Aline qui, périodiquement, échappait à notre surveillance et se rendait à l'Hôtel Bussière...

— D'où l'achat de cet hôtel, qui constituait un bon placement par surcroît.

— Des comparses montaient de province pour un jour ou deux. Aline, ou peut-être Barillard, les attendait à un endroit déterminé pour entrer ensuite en possession des bijoux.

» Le plus souvent, les auteurs du fric-frac repartaient sans être inquiétés, sans même savoir pour le compte de qui ils avaient travaillé, ce qui explique que les quelques rares truands que nous avons arrêtés n'ont rien pu nous dire.

— En somme, il vous manque quelqu'un.

— C'est exact. Le tailleur de diamants.

— Bonne chance, Maigret. Vous permettez que je vous appelle ainsi ? Appelez-moi Ancelin.

Et le commissaire de répondre avec un sourire :

— J'essayerai. Etant donné mes rapports passés avec les magistrats instructeurs, en particulier avec un certain juge Coméliau, je crains de ne pas y réussir du premier coup. En attendant, bonne journée, monsieur le juge. Je vous tiendrai au courant.

C'est Gelot fils qu'il eut au bout du fil quand il appela, de son bureau, la cartonnerie de l'avenue des Gobelins.

— Mais non, monsieur Gelot. Il n'y a pas de quoi vous laisser impressionner. Il s'agit d'une simple vérification qui n'a rien à voir avec la réputation de votre maison. Vous me dites que Fernand Barillard est un excellent représentant et je veux bien vous croire.

» Je voudrais simplement savoir, pour notre gouverne, quels sont les bijoutiers qui lui ont passé des commandes pendant les deux dernières années, par exemple. Je suppose qu'il est facile à votre service de comptabilité de me dresser cette liste, que j'irai prendre en fin de matinée. Soyez sans crainte. Nous savons être discrets.

Dans le bureau des inspecteurs, il regarda longuement les visages autour de lui et finit, comme d'habitude, par arrêter son choix sur Janvier.

— Rien d'important en train ?

— Non, patron. Je terminais un rapport qui peut attendre. Toujours de la paperasse.

— Prends ton chapeau et suis-moi.

Maigret appartenait à la génération parmi laquelle beaucoup d'hommes répugnaient à conduire. Pour sa part, il se méfiait de ses distractions, des rêveries brumeuses dans lesquelles il sombrait facilement au cours d'une enquête.

— Au coin de la rue La Fayette et de la rue Cadet.

Dans la police, un principe, lorsqu'on accomplit une démarche importante, est d'être toujours deux. S'il n'avait pas eu Lapointe avec lui, la veille, au Clou Doré, il n'aurait pas pu faire suivre M. Louis et il lui aurait sans doute fallu plusieurs jours avant de s'intéresser aux faits et gestes de Barillard.

— Je cherche une place pour la voiture et je vous rejoins.

Comme lui, Janvier connaissait le marché aux pierres précieuses. La plupart des Parisiens, par contre, même ceux qui passent chaque matin rue La Fayette, ne se doutent pas que ces hommes d'allure modeste, vêtus comme de petits employés, qui bavardent, par groupes, sur le trottoir et autour des tables de la brasserie, ont en poche pour des fortunes de pierres rares.

Ces pierres, dans de petits sachets, passent de main en main, sans que ces transactions fassent, sur le moment, l'objet de reçus.

Dans ce monde fermé, où chacun se connaît, la confiance règne.

— Salut, Bérenstein !

Maigret serrait la main d'un grand type maigre qui venait de quitter ses deux compagnons après avoir empoché, comme une vulgaire lettre, un sachet de diamants.

— Salut, commissaire. Encore une attaque de bijouterie ?

— Pas depuis la semaine dernière.

— Vous n'avez toujours pas trouvé votre type ? J'en ai parlé pour la vingtième fois au moins à mes collègues. Ils connaissent, comme moi, tous les tailleurs de diamants sur la place de Paris. Ainsi que je vous l'ai dit, ils ne sont pas nombreux et je suis prêt à me porter garant d'eux. Pas un ne se risquerait à retailler des pierres volées, ou seulement suspectes. Ces gens-là ont du nez, croyez-moi ! Vous prenez un demi avec moi ?

— Volontiers. Dès que mon inspecteur aura traversé la rue.

139

— Tiens ! Janvier. Vous êtes venus en force, hein ?

Ils s'asseyaient autour d'une table et, entre les rangées, des courtiers discutaient, debout. Parfois l'un d'eux tirait une loupe d'horloger de sa poche pour examiner une pierre.

— Avant la guerre, les deux principaux centres de la taille étaient Anvers et Amsterdam. Curieusement, pour des raisons que je n'ai jamais découvertes, la plupart des tailleurs de pierres étaient et sont encore originaires des pays baltes, Lettons ou Estoniens.

» A Anvers, ils avaient une carte d'identité d'étranger et, quand ils se sont repliés devant l'avance allemande, on les a dirigés en corps vers Royan puis vers les Etats-Unis.

» La guerre finie, les Américains ont tout essayé pour les retenir. Ils ne sont pas parvenus à conserver un dixième à peine de l'effectif, car ces gens-là avaient le mal du pays.

» Quelques-uns, pourtant, au retour, se sont laissé séduire par Paris. Vous les retrouverez dans le quartier du Marais et dans le quartier Saint-Antoine. Chacun d'eux est connu, a en quelque sorte son pedigree, car c'est un métier qui se transmet de père en fils et qui a ses secrets.

Maigret le regardait d'un œil soudain vague, comme s'il n'écoutait plus.

— Attendez. Vous avez dit...

Un mot l'avait frappé après coup dans le discours de Bérenstein.

— Qu'est-ce que j'ai dit qui puisse vous troubler ?

140

— Un instant ! L'avance allemande... Les tailleurs de pierres d'Anvers qui... Les Etats-Unis... Quelques-uns qui restent là-bas... Et pourquoi, au moment de l'exode, n'en serait-il pas resté en France ?

— C'est possible. Comme ils sont à peu près tous israélites, ceux-là ont toutes les chances d'avoir fini dans les camps de concentration ou dans les fours crématoires.

— A moins...

Le commissaire se levait, brusquement.

— En route, Janvier ! Où est ta voiture ? Salut, Bérenstein. Excusez-moi. J'aurais dû y penser plus tôt...

Et Maigret se faufilait aussi vite que possible entre les groupes qui encombraient le trottoir.

## 6

Janvier regardait droit devant lui en serrant un peu plus fort que d'habitude le volant de la petite voiture noire et il devait résister à l'envie d'observer le visage de Maigret, assis à côté de lui. A certain moment, il ouvrit la bouche pour une question qui lui brûlait les lèvres, mais il eut assez de contrôle sur lui-même pour se taire.

Il avait beau travailler avec le commissaire depuis son entrée à la P.J. et avoir collaboré à ses côtés à des centaines d'enquêtes, il ne manquait pas d'être impressionné chaque fois que le phénomène qui venait de se déclencher se produisait.

La veille, Maigret s'était lancé dans l'affaire avec une allègre frénésie, sortant des personnages de l'ombre, les tournant et les retournant dans ses grosses pattes comme un chat le fait d'une souris et les remettant ensuite dans leur coin. Il envoyait des inspecteurs à gauche et à droite, comme sans aucun plan, en se disant qu'il en sortirait toujours quelque chose.

Soudain, il ne jouait plus. Janvier avait à ses

côtés un autre personnage, une masse humaine sur laquelle nul n'avait aucune prise, un monolithe presque effrayant.

En fin de matinée, les avenues, les rues de Paris étaient un véritable feu d'artifice dans la chaleur de juillet et on voyait partout des éclaboussures de lumières ; il en jaillissait des toits d'ardoises et des tuiles roses, des vitres des fenêtres où chantait le rouge d'un géranium ; il en ruisselait des carrosseries multicolores des autos, du bleu, du vert, du jaune, des klaxons, des voix, des grincements de freins, des sonneries, du sifflet strident d'un agent.

On aurait dit que la voiture noire, dans cette symphonie, résistait comme un îlot de silence et d'immobilité, que Maigret lui-même était un bloc impassible, et il ne voyait certainement rien autour de lui, n'entendait rien, il ne s'aperçut même pas qu'on était arrivé rue des Acacias.

— Nous y sommes, patron.

Il descendit lourdement du véhicule devenu trop étroit pour lui, regarda d'un œil vide la rue pourtant familière, puis leva la tête avec l'air de prendre possession de la maison tout entière, de ses étages, de ses habitants.

Il se donna encore le temps de vider sa pipe sur le trottoir en la frappant contre son talon, d'en bourrer une autre et de l'allumer.

Janvier ne lui demanda pas s'il devait l'accompagner, n'adressa pas non plus la parole à Janin qui surveillait la maison et qui se demanda pourquoi le patron semblait ne pas le reconnaître.

144

Maigret fonçait vers l'ascenseur où l'inspecteur le suivait. Au lieu de pousser le bouton du quatrième étage, le commissaire choisit celui du cinquième d'où, à grands pas, il se dirigea vers les mansardes.

Tournant à gauche, il s'arrêta devant la porte du sourd-muet et, sachant qu'il ne recevrait pas de réponse, il en tourna le bouton. La porte céda. La mansarde du Flamand était vide.

Le commissaire arracha presque le rideau de la penderie et fit un bref inventaire des quelques vêtements en plus ou moins mauvais état.

Son regard photographia chaque coin de la pièce, après quoi il redescendit un étage, hésita, s'engouffra à nouveau dans l'ascenseur qui le déposa au rez-de-chaussée.

La concierge était dans sa loge, un soulier au pied droit, une pantoufle au pied gauche.

— Savez-vous si Claes est sorti ce matin ?

De le voir aussi tendu la laissa tout impressionnée.

— Non. Il n'est pas encore descendu.

— Vous n'avez pas quitté votre loge ?

— Pas même pour faire l'escalier. C'est la voisine qui m'a remplacée, car j'ai encore une fois mes douleurs.

— Il n'est pas sorti cette nuit ?

— Personne n'est sorti. Je n'ai tiré le cordon que pour des locataires qui rentraient. D'ailleurs, vous avez un inspecteur sur le trottoir et il pourra vous le dire.

Maigret pensait fort, pensait dur, selon des

expressions que Janvier avait créées pour son usage personnel.

— Dites-moi... Chaque locataire dispose, si je comprends bien, d'un coin de grenier...

— C'est exact. Et, en principe, chacun peut louer en plus une chambre de bonne.

— Ce n'est pas ce que je vous demande. Et les caves ?

— Avant la guerre, il n'y avait que deux grandes caves et chacun s'arrangeait pour y mettre son charbon dans un coin. Pendant la guerre, quand l'anthracite est devenu aussi cher que du caviar, des disputes ont éclaté, les uns et les autres prétendant que leur tas diminuait. Bref, le propriétaire de l'époque a fait dresser des cloisons avec des portes et des cadenas.

— Si bien que chaque locataire a sa cave personnelle ?

— Oui.

— Claes aussi ?

— Non. Il est un locataire sans en être, vu qu'il occupe une chambre de bonne.

— Et les Barillard ?

— Bien entendu.

— Vous avez les clefs des caves ?

— Non. Je viens de vous dire qu'elles ferment avec des cadenas. Chaque locataire a le sien.

— Vous pouvez voir quand on descend au sous-sol ?

— Pas d'ici. L'escalier de la cave se trouve en face de l'escalier de service, au fond. Il suffit de pousser la porte sur laquelle il n'y a rien d'écrit et qui n'a pas de paillasson.

146

Maigret reprenait place dans l'ascenseur et regardait droit dans les yeux de Janvier sans rien dire. Il n'eut pas la patience de sonner à la porte de Barillard, qu'il frappa violemment du poing. Mme Barillard, en robe de cretonne, vint ouvrir, le visage effrayé.

— Votre mari ?

— Il est dans son bureau. Il prétend que vous l'avez empêché d'aller à son travail.

— Appelez-le.

On aperçut la silhouette de Barillard, encore en pyjama et en robe de chambre. Malgré ses efforts, il avait moins bonne mine et moins d'assurance que la veille.

— Prenez la clef de la cave.

— Mais...

— Faites ce que je vous dis.

Cela se passait dans l'irréel, dans un monde de rêve ou plutôt de cauchemar. Tout à coup, les relations des êtres entre eux n'étaient plus les mêmes. On aurait dit que chacun se trouvait maintenant en état de choc et que les mots changeaient de valeur, comme les gestes, les regards.

— Passez devant.

Il le poussait dans l'ascenseur et, au rez-de-chaussée, commandait sèchement :

— Au sous-sol.

Barillard était de plus en plus flottant, Maigret de plus en plus dur.

— C'est cette porte-ci ?

— Oui.

Une seule ampoule, très faible, éclairait le mur blanc, les portes jadis numérotées dont

147

les numéros s'étaient effacés, et on devinait des graffiti obscènes sur la peinture écaillée.

— Combien de clefs ouvrent ce cadenas ?

— Je n'en possède qu'une.

— Qui pourrait en posséder une autre ?

— Comment voulez-vous que je le sache ?

— Vous n'avez confié de clef à personne ?

— Non.

— Vous et votre femme êtes seuls à utiliser cette cave ?

— Nous ne nous en sommes pas servis depuis des années.

— Ouvrez.

Les mains du représentant tremblaient et sa tenue, en cet endroit, était plus grotesque que dans le cadre bourgeois de son appartement.

— Eh bien ? Ouvrez !

Le battant avait bougé d'une quinzaine de centimètres et s'était immobilisé.

— Je sens une résistance.

— Poussez plus fort. Servez-vous au besoin de votre épaule.

C'était Maigret que Janvier regardait avec des yeux ahuris, comprenant soudain que le commissaire s'attendait — mais depuis quand ? — au déroulement actuel des événements.

— Cela cède un peu.

Soudain, on vit une jambe qui pendait. La porte, en continuant à tourner, dégageait une autre jambe. Un corps était suspendu dans le vide, les pieds nus à une cinquantaine de centimètres du sol en terre battue.

C'était le vieux Claes, vêtu d'une chemise et d'un vieux pantalon.

— Passe-lui les menottes, Janvier.

L'inspecteur observa tour à tour le pendu et Barillard. Celui-ci, en apercevant les menottes, protesta.

— Minute, s'il vous plaît !

Mais le regard de Maigret pesait sur lui, illisible, et il cessa de résister.

— Va chercher Janin sur le trottoir. Il n'est plus nécessaire dehors.

Comme il l'avait fait là-haut, Maigret inspectait l'étroite pièce, toute en profondeur, et on sentait que chaque détail se fixait pour toujours dans sa mémoire. Du doigt, il toucha plusieurs outils qu'il tira d'un sac, puis il parut caresser rêveusement une lourde table d'acier scellée dans le sol.

— Tu vas rester ici, Janin, jusqu'à ce que ces messieurs arrivent. Ne laisse entrer personne. Pas même tes collègues. Tu ne touches à rien, toi non plus. Compris ?

— Compris, patron.

— En route.

Il regardait Barillard qui, la silhouette différente depuis qu'il avait les deux mains derrière le dos, s'avança comme un mannequin.

Ils ne prirent pas l'ascenseur, gagnèrent le quatrième étage par l'escalier de service, sans rencontrer personne. Mme Barillard, dans sa cuisine, poussa un cri en voyant son mari les menottes aux poignets.

— Monsieur Maigret !

— Tout à l'heure, madame. J'ai d'abord des coups de téléphone à donner.

Et, sans s'occuper des autres, il pénétra dans le bureau de Barillard, qui sentait la

149

cigarette refroidie, composa le numéro du juge Ancelin.

— Allô !... Oui, c'est Maigret. Je suis un imbécile, mon cher juge. Et je me sens responsable de la mort d'un homme. Oui, un nouveau cadavre. Où ? Rue des Acacias, bien entendu. C'est ce que j'aurais dû comprendre dès le début. Je battais les buissons au lieu de m'attacher à la seule piste importante. Le plus grave, c'est que, depuis des années, ce troisième élément, si je puis dire, me tracassait.

» Excusez-moi si je ne vous donne pas de détails en ce moment. Il y a un pendu dans la cave. Le médecin découvrira certainement qu'il ne s'est pas pendu lui-même, qu'il était mort ou blessé quand on lui a passé la corde au cou. C'est un vieil homme.

» Puis-je vous demander de faire en sorte que le Parquet n'aille pas trop vite en besogne ? Je suis très occupé au quatrième étage et j'aimerais autant ne pas être dérangé avant d'avoir obtenu un résultat. J'ignore combien de temps cela prendra. A tout à l'heure. Hé ! non, nous ne déjeunerons pas aujourd'hui chez notre sympathique Auvergnat.

Un peu plus tard, il avait au bout du fil son vieux camarade Moers, le spécialiste de l'Identité judiciaire.

— J'ai besoin d'un travail très soigné et je voudrais qu'il ne soit pas fait dans la bousculade. Inutile que le Parquet et le juge viennent tout tripoter dans la cave. Tu vas découvrir des objets qui te surprendront. Il faudra peut-être sonder les murs et fouiller le sol.

Il se leva en soupirant du fauteuil de Barillard, traversa le salon, où celui-ci était assis sur une chaise en face de Janvier qui fumait une cigarette. Maigret pénétra dans la cuisine, ouvrit le réfrigérateur.

— Vous permettez ? demanda-t-il à Mme Barillard.

— Dites-moi, commissaire...

— Dans un instant, voulez-vous ? Je meurs de soif.

Pendant qu'il décapsulait une bouteille de bière, elle lui tendait un verre, à la fois docile et effrayée.

— Vous croyez que mon mari...

— Je ne crois rien. Venez avec moi.

Elle le suivait, ahurie, dans le bureau où il reprenait tout naturellement la place de Barillard.

— Asseyez-vous. Mettez-vous à l'aise. Vous vous appelez Claes, n'est-ce pas ?

— Oui.

Elle hésitait, rougissante.

— Ecoutez, monsieur le commissaire. Je suppose que c'est important ?

— A partir de maintenant, madame, tout est important. Je ne vous cache pas que chaque mot compte.

— Je m'appelle Claes, en effet. C'est le nom de jeune fille inscrit sur ma carte d'identité.

— Mais ?

— J'ignore si c'est mon vrai nom.

— Le vieillard qui occupait la mansarde est un parent ?

— Je ne crois pas. Je ne sais pas. Tout cela est si ancien ! Et je n'étais qu'une petite fille.

— De quelle époque parlez-vous ?

— De ce bombardement, à Douai, au moment de l'exode. Des trains et encore des trains dont on descendait pour aller se coucher contre le ballast. Des femmes qui portaient des bébés ensanglantés. Des hommes avec des brassards qui couraient en tous sens et le train qui repartait. Enfin, cette explosion ressemblant à la fin du monde.

— Quel âge aviez-vous ?

— Quatre ans ? Un peu plus ou un peu moins ?

— D'où vient ce nom de Claes ?

— Je suppose que c'est celui de ma famille. Il paraît que c'est celui que j'ai prononcé.

— Et le prénom ?

— Mina.

— Vous parliez le français ?

— Non. Seulement le flamand. Je n'avais jamais vu de ville.

— Vous vous rappelez le nom de votre village ?

— Non. Mais pourquoi ne me parlez-vous pas de mon mari ?

— Cela viendra en son temps. Où avez-vous rencontré le vieux ?

— Je n'en suis pas certaine. Ce qui s'est passé tout de suite avant et tout de suite après l'explosion est confus dans ma mémoire. Il me semble que j'ai marché avec quelqu'un qui me tenait par la main.

Maigret décrochait le téléphone, demandait la mairie de Douai. On lui passait la communication sans le faire attendre.

— M. le maire est absent, lui annonçait le secrétaire général.

Il était fort surpris d'entendre Maigret lui demander :

— Quel âge avez-vous ?

— Trente-deux ans.

— Et le maire ?

— Quarante-trois ans.

— Qui était maire au moment de l'arrivée des Allemands, en 1940 ?

— Le docteur Nobel. Il est resté maire dix ans après la guerre.

— Il est mort ?

— Non. Malgré son âge, il pratique encore, dans sa vieille maison de la Grand-Place.

Trois minutes plus tard, Maigret avait le docteur Nobel au bout du fil, et Mme Barillard écoutait avec stupeur.

— Excusez-moi, docteur. Commissaire Maigret, de la Police judiciaire. Il ne s'agit pas d'un de vos patients, mais d'une vieille histoire qui pourrait jeter la lumière sur des drames récents. C'est bien la gare de Douai, n'est-ce pas, qui a été bombardée en plein jour, en 1940, alors que s'y trouvaient plusieurs trains de réfugiés et que d'autres réfugiés, par centaines, attendaient sur la place ?

Nobel n'avait pas oublié l'événement qui était l'événement de sa vie.

— Je m'y trouvais, monsieur le commissaire. C'est le souvenir le plus effroyable qu'un homme puisse conserver. Tout était calme. Le service d'accueil s'occupait à nourrir les réfugiés belges et français dont les trains allaient partir vers le sud.

» Les femmes qui avaient des bébés étaient groupées dans la salle d'attente des premières où des biberons leur étaient distribués ainsi que des langes frais. Une dizaine d'infirmières s'affairaient.

» En principe, nul n'avait le droit de quitter son train, mais l'attrait de la buvette était trop fort. Bref, il y avait du monde partout.

» Et, brusquement, au moment même où les sirènes vrombissaient, la gare tremblait, la verrière éclatait, des gens hurlaient sans qu'il fût possible de se rendre compte de ce qui se passait.

» On ignore encore aujourd'hui combien il y a eu de rafales et de vagues d'avions.

» Le spectacle était aussi hallucinant dehors que dedans, devant la gare que sur les quais : des corps déchiquetés, des bras, des jambes, des blessés qui couraient en se tenant la poitrine ou le ventre, les yeux fous.

» J'ai eu la chance de ne pas être atteint et j'ai tenté de transformer les salles d'attente en salles de premiers secours. Nous n'avions pas assez d'ambulances, ni de lits dans les hôpitaux, pour tous les blessés.

» J'ai pratiqué sur place, dans des conditions plus que précaires, des opérations d'urgence.

— Vous ne vous souvenez sans doute pas d'un homme grand et maigre, un Flamand, qui a dû avoir le visage complètement ouvert et qui en est resté sourd-muet ?

— Pourquoi me parlez-vous de lui ?

— Parce que c'est lui qui m'intéresse.

154

— Il se fait, au contraire, que je m'en souviens fort bien et que j'ai pensé souvent à lui.

» J'étais là comme maire, comme président de la Croix-Rouge locale et du Comité d'accueil, enfin comme médecin.

» En tant que maire, je m'efforçais de regrouper les familles, d'identifier les blessés les plus graves et les morts, ce qui n'a pas toujours été facile.

» Entre nous, nous avons enterré plusieurs corps qui n'ont jamais été reconnus, en particulier une demi-douzaine de vieux qui paraissaient être sortis d'une maison de retraite. Plus tard, nous avons cherché en vain leur origine.

» Au milieu de l'incohérence, de l'affolement, un groupe m'est resté en mémoire : toute une famille, un homme d'un certain âge, deux femmes, des enfants, trois ou quatre, que les bombes avaient littéralement réduits en morceaux.

» C'est près de ce groupe que j'ai vu l'homme dont la tête n'était plus qu'une masse sanglante et je l'ai fait transporter sur une table, surpris qu'il ne soit pas aveugle, ni atteint dans des parties vitales.

» Je ne sais plus combien de points de suture il m'a fallu pour lui recoudre les chairs. Une petite fille, indemne, se tenait à quelques pas, suivant mes gestes sans émotion apparente.

» Je lui ai demandé s'il s'agissait de quelqu'un de sa famille, de son père ou de son grand-père, et j'ignore ce qu'elle m'a répondu en flamand.

155

» Une demi-heure plus tard, comme j'opérais une blessée, j'ai vu l'homme, debout, qui se dirigeait vers l'extérieur, suivi par la petite fille.

» C'était un spectacle assez ahurissant, dans le désordre qui régnait. J'avais entouré la tête du blessé d'un énorme bandage qu'il promenait comme sans s'en rendre compte au milieu de la foule et il ne paraissait pas se préoccuper de la gamine qui trottinait sur ses talons.

» — Qu'on aille les rechercher, ai-je lancé à une de mes aides. Il n'est pas en état de s'éloigner sans de nouveaux soins.

» C'est à peu près tout ce que je peux vous dire, monsieur le commissaire. Lorsque j'ai pu à nouveau penser à lui, je me suis informé en vain. On l'avait vu rôder parmi les décombres, autour des ambulances. Le flot de véhicules de toutes sortes continuait à descendre du nord, transportant des meubles, des familles, des matelas, parfois des cochons et des vaches.

» Un de mes scouts a cru voir un homme grand, d'un certain âge, un peu voûté, monter à bord d'un camion militaire en compagnie d'une petite fille que les soldats ont aidée à grimper.

» Pendant et après la guerre, lorsque nous avons tenté de remettre de l'ordre dans cette pagaille, il est resté un certain nombre d'interrogations. Car, dans les villages de Hollande, des Flandres et du Pas-de-Calais, bien des mairies avaient été détruites ou pillées, les registres d'état civil brûlés.

» Vous pensez que vous avez retrouvé cet homme ?

— J'en suis à peu près certain.

— Qu'est-il devenu ?

— On vient de le trouver pendu et je suis assis en ce moment en face de l'ancienne petite fille.

— Vous me tiendrez au courant ?

— Dès que j'y verrai clair. Merci, docteur.

Maigret s'épongea, vida sa pipe, en bourra une autre et dit doucement à son interlocutrice :

— Et maintenant, racontez-moi votre histoire.


Elle l'avait observé avec de grands yeux inquiets tout en se rongeant les ongles, pelotonnée dans le fauteuil comme une petite fille.

Au lieu de répondre, elle questionnait avec rancune :

— Pourquoi traitez-vous Fernand comme un criminel et lui avez-vous passé les menottes ?

— Nous en parlerons plus tard, voulez-vous ? Pour le moment, c'est en me répondant franchement que vous avez le plus de chances de rendre service à votre mari.

Une autre question venait aux lèvres de la jeune femme, une question qu'elle paraissait se poser depuis longtemps, sinon depuis toujours :

— Est-ce que Jef était fou ? Jef Claes ?

— Il se comportait comme un fou ?

157

— Je ne sais pas. Je ne peux comparer mon enfance à aucune autre, ni lui à aucun homme.

— Commencez à Douai.

— Des camions, des camps de réfugiés, des trains, des gendarmes qui questionnaient le vieil homme, car il me paraissait vieux, et qui, ne pouvant rien tirer de lui, me questionnaient à mon tour. Qui étions-nous ? De quel village venions-nous ? Je ne le savais pas.

» Nous allions plus loin, toujours plus loin, et je suis sûre qu'un jour j'ai vu la Méditerranée. Je m'en suis souvenue plus tard et j'ai supposé que nous étions allés jusqu'à Perpignan.

— Claes essayait de pénétrer en Espagne ? Pour, de là, se rendre aux Etats-Unis ?

— Comment aurais-je su ? Il n'entendait plus, ne parlait plus. Pour me comprendre, il regardait fixement mes lèvres et je devais répéter de nombreuses fois la même question.

— Pourquoi vous entraînait-il avec lui ?

— C'était moi. J'ai réfléchi, depuis. Je suppose que, voyant tous les miens morts autour de moi, je me suis raccrochée à l'homme le plus proche, qui ressemblait peut-être à mon grand-père.

— Comment se fait-il qu'il ait pris votre nom, pour autant que votre nom soit réellement Claes ?

— Je l'ai appris par la suite. Il gardait toujours des bouts de papier dans sa poche et parfois il y écrivait quelques mots en flamand, car il ne comprenait pas encore le français. Moi non plus. Nous avions fini, après des semaines ou des mois, par échouer à Paris et il avait loué une chambre et une cuisine dans un quartier que je n'ai jamais retrouvé.

» Il n'était pas pauvre. Quand il avait besoin d'argent, il tirait de dessous sa chemise une ou deux pièces d'or qui étaient cousues dans une large ceinture en toile. C'étaient ses économies. Nous faisions de longs détours pour choisir une boutique de bijoutier ou de brocanteur et il y entrait furtivement, effrayé à l'idée d'être pris.

» J'ai su pourquoi le jour où les israélites ont été obligés de porter une étoile jaune cousue sur leurs vêtements. Il m'a écrit son vrai nom sur un bout de papier qu'il a brûlé ensuite : Victor Krulak. Il était juif, de Lettonie, né à Anvers où, comme son père et son grand-père, il travaillait dans le diamant.

— Vous êtes allée à l'école ?

— Oui. Les élèves riaient de moi.

— C'était Jef qui préparait les repas ?

— Oui, et il réussissait très bien les carbonades. Il n'a pas porté d'étoile. Il avait toujours peur. Dans les commissariats, on lui faisait des misères parce qu'il ne pouvait fournir les papiers nécessaires à l'établissement d'une carte d'identité.

» Une fois, on l'a envoyé dans je ne sais quel asile, car on le prenait pour un fou, mais il s'en est échappé le lendemain.

— Il tenait à vous ?

— Je crois qu'il a agi ainsi parce qu'il ne voulait pas me perdre. Il n'a jamais été marié. Il n'avait pas d'enfant. Je suis persuadée que, dans son esprit, Dieu m'avait mise sur son chemin.

» On nous a refoulés deux fois à la frontière, mais il n'en revenait pas moins à Paris, trouvait une chambre meublée avec une petite cuisine, tantôt du côté du Sacré-Cœur, tantôt dans le faubourg Saint-Antoine.

— Il ne travaillait pas ?

— Pas pendant cette période.

— Comment employait-il ses journées ?

— Il rôdait, observait les gens, apprenait à lire sur leurs lèvres, à comprendre leur langue. Un jour, vers la fin de la guerre, il est rentré avec une fausse carte d'identité qu'il s'était tant efforcé de se procurer pendant quatre ans.

» Il était devenu officiellement Jef Claes et j'étais sa petite-fille.

» On a vécu dans un logement un peu plus grand, non loin de l'Hôtel de Ville, et des gens sont venus le voir pour lui donner du travail. Je ne pourrais pas les reconnaître à présent.

» J'allais à l'école. Je suis devenue une jeune fille et je suis entrée comme vendeuse dans une bijouterie du boulevard Beaumarchais.

— C'est le vieux Jef qui vous a trouvé cette place ?

— Oui. Il faisait des travaux à façon pour différents bijoutiers, des réparations, la remise en état de bijoux anciens.

— C'est ainsi que vous avez rencontré Barillard ?

— Un an plus tard. Comme représentant, il n'aurait dû venir nous voir que tous les trois mois, mais il est venu plus souvent et il a fini par m'attendre à la sortie du magasin. Il était beau, très gai, enjoué. Il aimait la vie. C'est avec lui, aux Quatre Sergents de la Rochelle, que j'ai bu mon premier apéritif.

— Il savait que vous étiez la petite-fille de Jef ?

— Je le lui ai dit. Je lui ai raconté notre aventure. Puisqu'il avait l'intention de m'épouser, il m'a naturellement demandé de le présenter. Nous nous sommes mariés et nous sommes allés vivre, emmenant Jef avec nous, dans un petit pavillon à Fontenay-sous-Bois.

— Vous n'y avez jamais vu Palmari ?

— Notre ancien voisin ? Je ne pourrais pas le dire puisque, depuis que nous sommes ici, je ne l'ai jamais rencontré. Fernand amenait parfois des camarades, des hommes charmants, qui aimaient bien rire et bien boire.

— Et le vieux ?

— Il passait la plus grande partie de son temps dans une cabane à outils, au fond du jardin, où Fernand lui avait aménagé un atelier.

— Vous n'avez jamais rien soupçonné ?

— Qu'est-ce que j'aurais dû soupçonner ?

— Dites-moi, madame Barillard, votre mari a-t-il l'habitude de se relever pendant la nuit ?

— Pour ainsi dire jamais.

— Il ne quitte pas l'appartement ?

— Pourquoi ?

— Avant de vous coucher, prenez-vous une tisane quelconque ?

— De la verveine, parfois de la camomille.

— Vous ne vous êtes pas éveillée, la nuit dernière ?

— Non.

— Voulez-vous me conduire dans votre salle de bains ?

Celle-ci n'était pas grande mais assez coquette et gaie, en carrelage jaune. Une pharmacie était encastrée au-dessus du bassin de toilette. Maigret l'ouvrit, examina quelques fioles, en garda une à la main.

— C'est vous qui prenez ces comprimés ?

— Je ne sais même plus ce que c'est. Ils sont là depuis une éternité. Je me souviens ! Fernand avait des insomnies et un ami lui a recommandé ce médicament.

Or, l'étiquette était fraîche.

— Que se passe-t-il, monsieur le commissaire ?

— Il se passe que, la nuit dernière, comme beaucoup d'autres nuits, vous avez pris, sans le savoir, une certaine quantité de cette drogue avec votre tisane et vous avez dormi profondément. Votre mari est monté chercher Jef dans sa mansarde et est descendu avec lui dans la cave.

— Dans la cave ?

— Où un atelier est installé. Il l'a frappé avec un bout de tuyau de plomb ou un autre objet du même genre et l'a ensuite pendu au plafond.

Elle poussa un cri mais ne s'évanouit pas, se mit au contraire à courir, pénétra dans le salon et lança d'une voix perçante à son mari :

— Ce n'est pas vrai, dis, Fernand ? Ce n'est pas vrai que tu as fait ça au vieux Jef ?

162

Curieusement, elle venait de retrouver tout son accent flamand.


Maigret, sans leur laisser le temps de s'attendrir, emmena Barillard dans le bureau et fit signe à Janvier de surveiller la jeune femme. La veille au soir, les deux hommes se trouvaient dans le même bureau, mais les places avaient changé. C'était le commissaire, aujourd'hui, qui trônait dans le fauteuil tournant du représentant, et celui-ci qui se tenait en face de lui, moins mordant que lors de l'entrevue précédente.

— C'est lâche ! grommela-t-il.

— Qu'est-ce qui est lâche, Barillard ?

— De vous en prendre aux femmes. Si vous aviez des questions à poser, vous ne pouviez pas me les poser à moi, non ?

— A vous, je n'ai aucune question à poser, car je connais d'ores et déjà les réponses. Vous vous en doutiez depuis notre entretien d'hier, puisque vous avez jugé indispensable de faire taire définitivement celui qui constituait le point faible de votre organisation.

» Après Palmari, Victor Krulak, dit Jef Claes. Un pauvre homme au cerveau dérangé, qui aurait fait n'importe quoi pour ne pas être éloigné de la petite fille qui, un jour de Jugement dernier, avait mis sa main dans la sienne. Vous êtes une crapule, Barillard.

— Je vous remercie.

— Voyez-vous, il y a crapules et crapules. A certaines, je peux serrer la main, comme par exemple Palmari. Vous êtes, vous, de la pire espèce, celle qu'on ne peut regarder en face sans avoir envie de frapper ou de cracher.

Et le commissaire se contenait réellement.

— Allez-y ! Je suis sûr que mon avocat en sera enchanté.

— Dans quelques minutes, on vous conduira au Dépôt et, cet après-midi sans doute, ou la nuit prochaine, ou demain, nous reprendrons cette conversation.

— En présence de mon avocat.

— Pour l'instant, il y a une personne à qui je dois une visite qui s'annonce assez longue. Vous devinez de qui je parle. C'est de cette visite, en somme, que dépendra en grande partie votre sort.

» Car, Palmari liquidé, vous ne restez que deux au sommet de la pyramide : Aline et vous.

» Je sais à présent que vous deviez partir ensemble à la première occasion, non sans avoir réalisé en douce le magot de Manuel.

» Aline... Fernand... Aline... Fernand... Lorsque je vous aurai de nouveau en face de moi, je saurai qui des deux est, je ne dis pas le coupable, car vous l'êtes l'un comme l'autre, mais le véritable instigateur du double drame. Compris ?

Maigret appela :

— Janvier ! Veux-tu conduire monsieur au Dépôt ? Il a le droit de s'habiller décemment, mais ne le quitte pas des yeux un seul instant. Tu es armé ?

— Oui, patron.

— Tu trouveras un homme en bas, où cela

164

doit grouiller de policiers, pour t'accompagner. A tout à l'heure.

Au passage, il s'arrêta devant Mme Barillard.

— Ne m'en veuillez pas, Mina, de la peine que vous avez et de celles que vous aurez encore.

— C'est Fernand qui l'a tué ?

— Je le crains.

— Mais pourquoi ?

— Il faudra bien que vous vous mettiez cette idée dans la tête un jour ou l'autre : parce que votre mari est une crapule, pauvre petite madame. Et parce qu'il a trouvé, dans l'appartement d'en face, une femelle de crapule.

Il la laissa en larmes et, quelques instants plus tard, il pénétrait dans les caves, où des projecteurs avaient remplacé l'ampoule jaunâtre. On se serait cru au cours d'une prise de vues de cinéma.

Tout le monde parlait à la fois. Les photographes opéraient. Le médecin au crâne chauve réclamait un peu de silence et Moers ne parvint pas à se rapprocher du commissaire.

Le petit juge, lui, se trouva tout près de Maigret qui l'entraîna à l'air libre.

— Un verre de bière, monsieur le juge ?

— Ce ne serait pas de refus, si je parvenais à passer.

Ils se faufilèrent tant bien que mal. La mort du vieux Jef, pourtant presque inconnu, n'avait pas passé aussi inaperçue que celle de Manuel Palmari et il y avait devant la maison un attroupement que deux gardiens de la paix avaient de la peine à refouler. Des reporters poursuivaient le commissaire.

— Rien ce matin, mes enfants. Après trois heures, au Quai.

Il entraînait son compagnon replet chez l'Auvergnat où des habitués déjeunaient déjà et où il faisait frais.

— Deux grands demis.

— Vous vous y retrouverez, Maigret ? questionnait le magistrat en s'épongeant. Il paraît qu'ils sont en train de découvrir dans cette cave un matériel moderne pour la taille des diamants. Vous vous y attendiez ?

— Voilà vingt ans que je le cherche.

— Vous parlez sérieusement ?

— Très sérieusement. Tous les autres pions, j'en connaissais la marche. A votre santé !

Il vidait son verre lentement, le posait sur le zinc en murmurant :

— La même chose.

Puis, le visage toujours dur :

— Dès hier, j'aurais dû comprendre. Pourquoi ne me suis-je pas souvenu de cette histoire de Douai ? J'ai lancé mes hommes dans toutes les directions, sauf dans la bonne, et quand l'idée m'est enfin venue, il était trop tard.

Il regardait le patron lui servir un second demi. Il avait la respiration forte d'un homme qui se contient.

— Qu'est-ce que vous allez faire, à présent ?

— J'ai envoyé Barillard au Dépôt.

— Vous l'avez interrogé ?

166

— Non. C'est trop tôt. J'ai quelqu'un à questionner avant lui, maintenant, tout de suite.

Il regardait par la devanture la maison d'en face, en particulier certaine fenêtre du quatrième étage.

— Aline Bauche ?

— Oui.

— Chez elle ?

— Oui.

— Elle ne serait pas plus impressionnée dans votre bureau ?

— Elle n'est impressionnée nulle part.

— Vous croyez qu'elle avouera ?

Maigret haussa les épaules, hésita à commander une troisième bière, décida que non et tendit la main au brave petit juge qui le regardait avec à la fois de l'admiration et une certaine inquiétude.

— A tout à l'heure. Je vous tiendrai au courant.

— Je vais peut-être déjeuner ici et, dès qu'ils auront terminé en face, je retournerai au Palais.

Il n'osa pas ajouter : « Bonne chance ! »

Maigret, les épaules lourdes, traversait la rue et regardait une fois de plus la fenêtre du quatrième étage. On le laissa passer et un seul photographe eut la présence d'esprit de prendre un cliché du commissaire fonçant droit devant lui.

## 7

Quand Maigret frappa bruyamment à la porte de ce qui avait été l'appartement de Manuel Palmari, il entendit, à l'intérieur, des pas irréguliers et ce fut l'inspecteur Janin qui lui ouvrit avec l'air, comme toujours, d'être pris en faute. Janin était un bonhomme maigrichon qui marchait en lançant la jambe gauche de travers et qui, comme certains chiens, semblait perpétuellement s'attendre à recevoir des coups.

Craignait-il que le commissaire lui reproche d'être sans veston, une chemise douteuse ouverte sur sa poitrine maigre et velue ?

Maigret le regarda à peine.

— Personne ne s'est servi du téléphone ?

— Moi, patron, pour dire à ma femme...

— Tu as déjeuné ?

— Pas encore.

— Où est-elle ?

— Dans la cuisine.

Et Maigret fonça à nouveau. L'appartement était en désordre. Dans la cuisine, Aline fumait une cigarette devant une assiette où des œufs frits avaient laissé des traces peu appétissantes. Cette femme-là ne ressemblait guère à l'Aline pimpante et fraîche, très « petite madame », qui soignait sa tenue, de bon matin, pour aller faire son marché dans le quartier.

Elle ne devait avoir sur le corps que la vieille robe de chambre bleuâtre dont la soie lui collait au corps à cause de la sueur. Ses cheveux noirs n'étaient pas coiffés, son visage pas maquillé. Elle n'avait pas pris de bain et il émanait d'elle une odeur épicée.

Ce n'était pas la première fois que Maigret constatait ce phénomène. Il avait connu maintes femmes coquettes et soignées comme l'avait été Aline qui, du jour au lendemain, livrées à elles-mêmes par la mort de leur mari ou de leur amant, s'étaient laissées aller de la sorte.

Leurs goûts, leurs attitudes changeaient soudain. Elles s'habillaient d'une façon plus voyante, parlaient d'une voix vulgaire, adoptaient un langage qu'elles s'étaient longtemps efforcées d'oublier, comme si le naturel reprenait le dessus.

— Viens.

Elle connaissait assez le commissaire pour comprendre que, cette fois, la partie était sérieuse. Elle n'en prenait pas moins son temps pour se lever, écrasait sa cigarette dans l'assiette grasse, mettait le paquet dans la poche de sa robe de chambre et se dirigeait vers le réfrigérateur.

— Vous avez soif ? questionnait-elle après une hésitation.

— Non.

170

Elle n'insistait pas, saisissait, pour elle, une bouteille de cognac et un verre dans le placard.

— Où m'emmenez-vous ?

— Je t'ai dit de venir, avec ou sans cognac.

Il lui faisait traverser le salon, la poussait sans douceur dans le cagibi de Palmari où le fauteuil mécanique évoquait encore la présence du vieux caïd.

— Assieds-toi, couche-toi ou reste debout... grommela le commissaire en retirant son veston et en cherchant une pipe dans sa poche.

— Qu'est-il arrivé ?

— Il est arrivé que c'est fini. Le moment du règlement de comptes est venu. Tu comprends ça, oui ?

Elle s'était assise au bord du divan jaune, les jambes croisées, et sa main tremblante essayait d'allumer une cigarette qu'elle tenait du bout des lèvres.

Peu lui importait de dévoiler une partie de ses cuisses. Peu importait à Maigret. Qu'elle fût habillée ou nue, l'heure était passée où elle pouvait tenter un homme.

C'était à une sorte d'écroulement qu'assistait le commissaire. Il l'avait connue sûre d'elle, souvent arrogante, se moquant de lui d'une voix acide ou l'injuriant en des termes qui obligeaient Manuel à intervenir.

Il l'avait connue d'une beauté nature, sentant encore un peu le trottoir, ce qui lui donnait du piquant.

Il l'avait connue en larmes, en femelle déchirée ou en comédienne jouant si bien le déchirement qu'il s'y était laissé prendre.

Il ne restait qu'une sorte d'animal traqué, replié sur lui-même, sentant la peur et s'interrogeant sur son sort.

Maigret tripotait le fauteuil roulant, le tournait dans tous les sens, finissait par s'y asseoir, dans la pose qu'il avait si souvent vue à Palmari.

— Il a vécu ici trois ans, prisonnier de cet instrument.

Il parlait comme pour lui-même, ses mains cherchant les commandes de l'appareil qu'il faisait tourner à gauche et à droite.

— Il ne lui restait que toi pour communiquer avec le reste du monde.

Elle détournait la tête, troublée de voir un homme de la carrure de Manuel dans le fauteuil de celui-ci. Maigret parlait toujours, comme sans s'occuper d'elle.

— C'était un truand de la vieille école, un truand à papa. Et ces vieux-là étaient autrement méfiants que les jeunots d'aujourd'hui. En particulier, ils ne permettaient jamais aux femmes de se mêler de leurs affaires, sauf pour faire le tapin à leur profit. Manuel avait dépassé ce stade-là. Tu écoutes ?

— J'écoute, balbutia-t-elle d'une voix de petite fille.

— La vérité, c'est que, sur le tard, le vieux crocodile s'est mis à t'aimer comme un collégien, à aimer une fille ramassée rue Fontaine, sous l'enseigne d'un hôtel borgne.

» Il avait amassé un magot qui lui aurait permis de se retirer sur les bords de la Marne ou quelque part dans le Midi.

» Le pauvre idiot s'est figuré qu'il allait faire

de toi une vraie madame. Il t'a habillée comme une bourgeoise. Il t'a appris à te tenir. Il n'a pas eu besoin de t'apprendre à compter car, ça, tu le savais de naissance.

» Comme tu te montrais tendre avec lui ! Papa par-ci. Papa par-là. Tu te sens bien, papa ? Tu ne veux pas que j'ouvre la fenêtre ? Tu n'as pas soif, papa ? Un petit baiser de ton Aline ?

Se levant brusquement, il gronda :

— Garce !

Elle ne broncha pas, ne bougea pas. Elle le savait capable, dans sa colère, de lui flanquer la main à la figure, sinon le poing.

— C'est toi qui l'as amené à inscrire les immeubles à ton nom ? Et les comptes en banque ? Peu importe ! Pendant qu'il restait ici, cloué entre quatre murs, tu rencontrais ses complices, tu leur donnais ses instructions, tu ramassais les diamants. Tu n'as toujours rien à dire ?

La cigarette lui tomba des doigts et, du bout de sa mule, elle l'écrasa sur le tapis.

— Depuis combien de temps es-tu la maîtresse de ce mâle orgueilleux de Fernand ? Un an, trois ans, quelques mois ? L'hôtel de la rue de l'Etoile était bien pratique pour vos rendez-vous.

» Et, un jour, quelqu'un, l'un de vous deux, Fernand ou toi, a été pris d'impatience. Tout diminué qu'il fût, Manuel restait solide et il aurait été capable de vivre encore dix ou quinze ans.

» Le magot était assez confortable pour lui donner l'envie d'aller finir ses jours ailleurs, quelque part où on le promènerait dans un jardin, où il se sentirait dans la nature.

» Est-ce Fernand ou toi qui n'a pas pu supporter cette idée-là ? A ton tour de parler, mais fais vite.

Le pas lourd, il allait d'une fenêtre à l'autre en regardant parfois dans la rue.

— J'écoute.

— Je n'ai rien à dire.

— C'est toi ?

— Je n'y suis pour rien.

Et, comme avec effort :

— Qu'avez-vous fait de Fernand ?

— Il est au Dépôt, où il mijote en attendant que je l'interroge.

— Il n'a rien dit ?

— Peu importe ce qu'il a dit. Je pose la question autrement. Tu n'as pas tué Manuel de tes mains, c'est entendu. Fernand, pendant que tu faisais ton marché, s'en est chargé. Quant au second crime...

— Quel second crime ?

— Tu ignores vraiment qu'il y a un autre mort dans la maison ?

— Qui ?

— Allons ! Réfléchis un peu, si tu ne joues pas la comédie. Palmari est hors du chemin. Mais Barillard, que personne n'a jamais soupçonné, est soudain mis dans le coup par la police.

» Au lieu de vous emmener l'un et l'autre Quai des Orfèvres et de vous confronter, on vous laisse chacun dans votre trappe, toi ici, l'autre en face avec sa femme, sans communication avec l'extérieur, sans communication entre vous.

» Et qu'est-ce que cela donne ? Toi, tu te traînes de ton lit à un fauteuil, du fauteuil à la cuisine, où tu grignotes n'importe quoi sans même prendre la peine de te laver.

» Lui se demande ce que nous savons au juste. Il se demande surtout qui pourra témoigner et le mettre dans le bain. A tort ou à raison, il ne craint pas que tu parles. Seulement, il y a, là-haut, dans une mansarde, un comparse peut-être un peu fou, peut-être plus malin qu'il ne veut le paraître, qui risque de manger le morceau.

— Le vieux Jef est mort ? balbutia-t-elle.

— Tu ne te doutais pas qu'il serait le premier sur la liste ?

Elle le regardait fixement, déroutée, ne sachant plus à quoi se raccrocher.

— Comment ?

— On l'a trouvé pendu, ce matin, dans la cave de Barillard, la cave transformée depuis longtemps en atelier où Jef Claes, plus exactement Victor Krulak, retaillait les pierres volées.

» Il ne s'est pas pendu lui-même. On est allé le chercher là-haut. On l'a attiré dans la cave, où on l'a abattu avant de lui passer la corde au cou.

Il prenait son temps, sans jamais regarder la jeune femme en face.

— A présent, il ne s'agit plus de cambriolages, de pierres précieuses ou de coucheries à l'Hôtel Bussière. Il s'agit de deux meurtres, de deux assassinats plutôt, commis l'un et l'autre de sang-froid, avec préméditation. Une tête au moins est en jeu.

Incapable de rester assise plus longtemps, elle se leva et se mit à marcher à son tour en ayant soin de ne pas passer à proximité du commissaire.

— Qu'est-ce que vous croyez ? l'entendit-il murmurer.

— Que Fernand est un fauve et que tu es devenue sa femelle. Que tu as vécu ici, pendant des mois et des années, avec celui que tu appelais papa et qui te faisait confiance, tout en attendant l'heure d'aller te rouler dans un lit avec ce voyou.

» Que vous deviez être aussi impatients l'un que l'autre. Peu importe qui tenait l'automatique qui a tué Manuel.

— Ce n'est pas moi.

— Assieds-toi ici.

Il lui désignait le fauteuil roulant et elle se raidissait, les yeux écarquillés.

— Assieds-toi ici !

Soudain, il lui saisissait le bras pour la forcer à prendre place là où il le désirait.

— Ne bouge pas. Je vais te mettre exactement à l'endroit où Manuel se tenait la plus grande partie de la journée. Ici ! Voilà ! De façon à avoir la radio à portée de la main, les magazines à portée de l'autre. C'est exact ?

— Oui.

— Et où se trouvait l'automatique, sans lequel Manuel ne se déplaçait jamais ?

— Je ne sais pas.

— Tu mens, car tu as vu Palmari l'y placer

chaque matin après l'avoir emporté le soir avec lui dans la chambre. Est-ce vrai ?

— Peut-être.

— Ce n'est pas peut-être, sacrebleu ! C'est la vérité ! Tu oublies que je suis venu ici vingt fois, trente fois, bavarder avec lui.

Elle restait figée, le visage sans couleur, dans ce fauteuil où Manuel était mort.

— Maintenant, suis-moi bien. Tu es partie pour faire ton marché, toute pimpante, après un baiser sur le front de papa, un dernier sourire envoyé de la porte du salon.

» Suppose qu'à ce moment l'arme ait encore été à sa place derrière la radio. Fernand entre avec sa clef, car il avait sa clef, qui lui permettait de prendre contact avec le patron quand c'était nécessaire.

» Regarde bien les meubles. Imagines-tu Fernand contournant le fauteuil et glissant sa main derrière la radio pour saisir l'automatique et tirer une première balle dans la nuque de Manuel ?

» Non, mon petit. Palmari n'était pas un enfant de chœur et il se serait méfié dès le premier mouvement.

» La vérité, vois-tu, c'est que, quand tu as embrassé papa, quand tu lui as souri, quand tu es sortie d'un pas net de jeune femme jolie et coquette, en remuant ton petit derrière, l'automatique était dans ton sac à main.

» Tout était minuté. Sur le palier, il te suffisait de le glisser dans la main de Fernand, qui sortait de chez lui comme par hasard.

» Tandis que tu entrais dans l'ascenseur et que tu allais faire tes achats, de la belle viande rouge, des légumes sentant bon le potager, il restait chez lui à attendre l'heure convenue.

» Plus besoin de contourner le fauteuil du vieux et de glisser le bras entre lui et la radio.

» Un geste rapide, après quelques paroles échangées. Je sais le soin que Manuel avait des armes. L'automatique était convenablement huilé et je suis sûr qu'on retrouvera dans ton sac des traces de cette huile.

— Ce n'est pas vrai ! cria-t-elle en se jetant sur Maigret, dont elle frappa les épaules et le visage de ses poings. Je ne l'ai pas tué ! C'est Fernand ! Il a tout fait ! C'est lui qui a eu l'idée de tout !

Le commissaire, sans se donner la peine de parer les coups, se contentait d'appeler :

— Janin ! Veux-tu t'occuper d'elle ?

— Je lui passe les menottes ?

— Jusqu'à ce qu'elle se calme. Tiens ! Couchons-la sur ce divan. Je vais t'envoyer quelque chose à manger et, de mon côté, j'essayerai de trouver encore à déjeuner. Tout à l'heure, il faudra bien qu'elle s'habille ou que nous l'habillions de force.

## 8

— D'abord une bière, patron.

Le petit restaurant sentait encore la cuisine du déjeuner, mais les nappes en papier avaient disparu des tables et il n'y avait dans un coin qu'un consommateur qui lisait le journal.

— Votre garçon pourrait-il aller porter deux ou trois sandwiches au quatrième étage, appartement de gauche, en face, ainsi qu'une carafe de vin rouge ?

— Et vous ? Vous avez déjeuné ? C'est fini, là-bas ?

» Vous voulez des sandwiches aussi ? Au jambon du Cantal ?

Maigret se sentait moite sous ses vêtements. Son corps massif était vide, ses membres mous, un peu comme quelqu'un qui vient de lutter contre une forte fièvre et que celle-ci abandonne soudain.

Depuis des heures, il fonçait, inconscient des décors familiers qui l'entouraient, et il aurait été en peine de dire quel jour on était. Il fut surpris de voir que la pendule marquait deux heures et demie.

Qu'avait-il oublié ? Il se rendait vaguement compte qu'il avait manqué un rendez-vous, mais lequel ? Ah ! oui. Le fils Gelot, avenue des Gobelins, qui avait dû lui préparer la liste des bijoutiers visités par Fernand Barillard.

Tout cela était dépassé. La liste servirait plus tard, et le commissaire imaginait le petit juge, pendant les semaines à venir, convoquant témoin sur témoin dans son cabinet en désordre, nourrissant peu à peu un dossier de plus en plus épais.

Le monde recommençait à revivre autour de Maigret. Il entendait à nouveau les bruits de la rue, retrouvait les reflets du soleil et savourait lentement son sandwich.

— Il est bon, ce vin ?

— Un peu dur au goût de certains, cela tient à ce qu'il n'est pas trafiqué. Il me vient tout droit de chez mon beau-frère, qui n'en fait qu'une vingtaine de pièces par an.

Il goûta du même vin qu'il avait envoyé à Janin et, quand il quitta le restaurant de l'Auvergnat, il avait perdu son air de taureau menaçant.

— Quand est-ce que ma maison va redevenir enfin tranquille ? se lamenta la concierge au passage.

— Bientôt, bientôt, chère madame.

— Et pour les loyers, c'est toujours à la jeune dame que je dois les verser ?

— J'en doute. Le juge d'instruction décidera.

L'ascenseur le conduisit au quatrième. Il sonna d'abord à la porte de droite, où

Mme Barillard lui ouvrit, les yeux rouges, toujours vêtue de sa robe à fleurs du matin.

— Je viens vous dire au revoir, Mina. Excusez-moi de vous appeler ainsi, mais je ne peux m'empêcher de penser à la petite fille qui, dans l'enfer de Douai, mettait sa petite main dans celle d'un homme au visage ensanglanté marchant droit devant lui sans savoir où il allait. Vous ne saviez pas où il vous conduirait, vous non plus.

— Est-ce vrai, monsieur le commissaire, que mon mari soit...

Elle n'osait pas prononcer : un assassin.

Il faisait oui de la tête.

— Vous êtes jeune, Mina. Courage !

La lèvre de Mme Barillard se gonflait et elle parvenait à murmurer dans une moue :

— Comment ai-je pu ne m'apercevoir de rien ?

Soudain, elle se jeta contre la poitrine de Maigret et il la laissa pleurer tout son saoul. Un jour, sans doute, elle trouverait un nouvel appui, une autre main à laquelle se raccrocher.

— Je vous promets de revenir vous voir. Soignez-vous bien. La vie continue.

En face, Aline était assise au bord du divan.

— Nous partons, annonça Maigret. Voulez-vous vous habiller ou préférez-vous qu'on vous embarque comme vous êtes ?

Elle le regarda avec les yeux de quelqu'un qui a beaucoup pensé et qui a pris une décision.

— Je le verrai ?

— Oui.

— Aujourd'hui ?

— Oui.

— Je pourrai lui parler ?

— Oui.

— Tant que je voudrai ?

— Tant que vous voudrez.

— J'ai le droit de prendre une douche ?

— A la condition que la porte de la salle de bains reste ouverte.

Elle haussa les épaules. Peu lui importait qu'on la regarde ou non. Pendant près d'une heure, elle vaqua à sa toilette, une des plus minutieuses, sans doute, qu'elle eût jamais faites.

Elle prit la peine de se laver les cheveux et de les sécher avec un appareil électrique et hésita longtemps avant de choisir un tailleur de satin noir d'une coupe stricte.

Elle gardait pendant tout ce temps le regard dur, la mine décidée.

— Janin ! Descends voir s'il y a en bas une voiture de la maison.

— J'y vais, patron.

Un moment, Maigret et la jeune femme se trouvèrent seuls dans le salon. Elle enfilait ses gants. Le soleil pénétrait à flots par les deux fenêtres ouvertes sur la rue.

— Avouez que vous aviez un faible pour Manuel, murmura-t-elle.

— Dans un certain sens, oui.

Elle ajouta après une hésitation, sans le regarder :

— Pour moi aussi, non ?

Et il répéta :

— Dans un certain sens.

Après quoi il ouvrit la porte, la referma sur eux et mit la clef dans sa poche. Ils descendirent par l'ascenseur. Il y avait un inspecteur au volant d'une auto noire. Janin, sur le trottoir, ne savait que faire.

— Rentre chez toi et dors une dizaine d'heures d'affilée.

— Si vous croyez que ma femme et mes enfants me laisseront dormir ! Merci quand même, patron.

Vacher était au volant et le commissaire lui dit quelques mots à voix basse. Il s'installa ensuite à côté d'Aline au fond de la voiture. Après une centaine de mètres, la jeune femme, qui regardait dehors, se tourna vers son compagnon.

— Où allons-nous ?

Au lieu de prendre le chemin le plus direct pour la P.J., on passait en effet par l'avenue de la Grande-Armée et on contournait la place de l'Etoile afin de descendre les Champs-Elysées.

Elle regardait de tous ses yeux, sachant qu'il y avait toutes les chances pour qu'elle ne revoie jamais ce spectacle. Et, si elle le revoyait un jour, elle serait une très vieille femme.

— Vous l'avez fait exprès ?

Maigret soupira sans répondre. Vingt minutes plus tard, elle le suivait dans son bureau, dont le commissaire reprenait possession avec un plaisir évident.

Machinalement il remit ses pipes en ordre, alla se camper devant la fenêtre, ouvrit enfin la porte du bureau des inspecteurs.

— Janvier !

— Oui, patron.

— Veux-tu descendre au Dépôt et me ramener Barillard ? Asseyez-vous, Aline.

Il la traitait maintenant comme si rien ne s'était passé. On aurait dit qu'il n'était plus dans le coup, que toute l'affaire n'avait été qu'un entracte dans son existence.

— Allô ! Veuillez me passer le juge d'instruction Ancelin. Allô !... Allô !... Le juge Ancelin ? Ici, Maigret. Je suis à mon bureau, oui. Je viens d'y arriver en compagnie d'une jeune femme que vous connaissez. Non, mais cela ne va pas tarder. Je me demande si vous aimeriez assister à la confrontation. Oui. Tout de suite. Je l'attends d'un instant à l'autre.

Il hésita à retirer son veston, ne le fit pas, à cause du magistrat qui allait arriver.

— Nerveuse ?

— Qu'est-ce que vous pensez ?

— Que nous allons assister à un combat de fauves.

Les yeux de la femme brillèrent.

— Si vous étiez armée, je ne donnerais pas cher de sa peau.

Le petit juge entra le premier, guilleret, regarda avec curiosité la jeune femme en noir qui venait de s'asseoir.

— Installez-vous à ma place, monsieur le juge.

— Je ne voudrais pas...

— Je vous en prie. Mon rôle est pratiquement terminé. Il ne reste que des vérifications, des interrogatoires de témoins, des rap-

184

ports à rédiger et à vous transmettre. Une semaine de paperasseries.

On entendait des pas dans le couloir et Janvier frappait à la porte, poussait Fernand, menottes aux poings, dans le bureau.

— Quant à ces deux-ci, ils sont désormais à vous.

— Je lui retire les menottes, patron ?

— Cela ne me paraît pas prudent. Quant à toi, reste ici. Je vais m'assurer qu'il y a des costauds à côté.

Aline s'était dressée d'une détente, avec l'air de renifler l'odeur de l'homme qui avait été longtemps son amant.

Pas son amant : son mâle. Comme elle avait été sa femelle.

C'étaient deux bêtes qui se regardaient, dans ce bureau paisible, comme elles se seraient regardées dans une arène ou dans la jungle.

Les lèvres de l'un et de l'autre frémissaient, les narines se pinçaient, Fernand commençait par siffler :

— Qu'est-ce que tu...

Campée devant lui, les reins cambrés, les muscles tendus, elle avançait un visage haineux et lui crachait au visage.

Sans s'essuyer, il faisait un pas à son tour, les mains en avant, menaçantes, tandis que le petit juge s'agitait, mal à l'aise, dans le fauteuil de Maigret.

— C'est toi, salope, qui...

— Crapule !... Voyou !... Assassin !...

Elle parvint à le griffer au visage mais, en dépit des menottes, il lui saisit le bras au vol et il le tordit, penché sur elle avec, dans les yeux, toute la haine du monde.

Maigret, debout entre son bureau et celui des inspecteurs, faisait un signe et deux hommes se précipitaient pour séparer le couple qui roulait par terre.

Pendant quelques instants la mêlée fut confuse et enfin un Barillard au visage sanglant fut maintenu debout cependant qu'Aline, les poignets entravés à son tour, était poussée vers une chaise.

— Je crois, monsieur le juge, qu'il suffira de les interroger séparément. Le plus difficile ne sera pas de les faire parler, mais de les faire taire.

Louis Ancelin se leva, entraîna le commissaire vers la fenêtre et, penché vers lui, murmura, encore secoué par ce qu'il venait de voir :

— Je n'ai encore jamais assisté à un tel déchaînement de haine, à une telle explosion d'animalité !

Par-dessus son épaule, Maigret lançait à Janvier :

— Tu peux les boucler !

Et il ajouta, ironique :

— Séparément, bien entendu.

Il ne les regarda pas partir, tourné qu'il était vers le visage paisible de la Seine. Il cherchait, sur les berges, une silhouette familière, celle d'un pêcheur à la ligne. Il l'appelait « son » pêcheur, depuis des années, bien que, sans doute, ce ne fût pas toujours le même. Ce qui importait, c'est qu'il y eût toujours un homme pour pêcher près du pont Saint-Michel.

Un remorqueur traînant quatre péniches remontait le courant et inclinait sa cheminée pour passer sous l'arche de pierre.

— Dites-moi, Maigret, lequel des deux, à votre avis...

Le commissaire prit le temps d'allumer sa pipe avant de prononcer en regardant toujours dehors :

— C'est vous qui faites métier de juge, n'est-ce pas ? Moi, je ne peux que vous les livrer tels qu'ils sont.

— Ce n'était pas beau à voir.

— Non, ce n'était pas beau à voir. A Douai non plus.

*Epalinges (Vaud), le 9 mars 1965.*

Composition réalisée par JOUVE

IMPRIMÉ EN FRANCE PAR BRODARD ET TAUPIN
La Flèche (Sarthe)
LIBRAIRIE GÉNÉRALE FRANÇAISE - 43, quai de Grenelle - 75015 Paris.
ISBN : 2 - 253 - 14221 - 2